従者のお仕事

異世界なのに魔法禁止はひどいです隊長っ！

こる

illustration 村上ゆいち

ICHIJINSHA IRIS NEO

CONTENTS

この作品はフィクションです。
実際の人物・団体・事件などには関係ありません。

従者のお仕事　異世界なのに魔法禁止はひどいです隊長っ！

プロローグ

「いーやぁんっ！　リョーくん素敵ぃっ」

良くんではなく、リョウコです。如月、良子、です。

同級生の女子たちに囲まれて、大量の写メおよび、ガチ系一眼レフで写真を撮られまくっているのは、先程の学校祭でやった、クラス演劇の男役の衣装が妙に力作だったからです。

実際は身長一六〇センチ弱、体重も五五キロ程度の普通サイズの女子校生なのですが。衣装の力、半端ない。

「リョーくんカッコイイー！」

黄色い声に戸惑って苦笑すると、その瞬間もフラッシュの嵐。

これが女子校のノリってやつなのかな。高二になってからこの学校に転校してきて一年ちょっと経つけれど、いまだにこのノリについていけない。

だからあまり他の女の子とも会話が合わず、ひとりで図書室から借りた本を読んでいることが多い。

最近知ったことなんだけど、そんなわたしの、他人に無頓着な態度が『クール』だと、一部からウケているらしい。父に似た男顔のせいもあるかもしれないけれど、髪が短いのも一因なのかもしれないな、面倒を承知で一度伸ばしてみるべきか。いや、あと半年足らずで卒業だから、伸びる前に卒業しちゃうかな。

「さぁ、みんな、舞台の片付けも忘れないでね！」

パンパンッ、とよくとおる拍手の音で女生徒たちの視線を集めたのは、腰まである黒髪をポニーテールにした小柄な少女だった。

「はーい、委員長！」

クラス一ちいさな彼女だが、存在感と頭のよさは人一倍で、女生徒たちは素直に彼女の言葉に従って散ってゆく。さすがは不動のクラス委員長で我がクラスのボス、木下楓(きのしたかえで)サマだ。

生来面倒見がいいのか、委員長という職務ゆえなのか、共学校からの転校で女子校のノリに戸惑うわたしを、よくフォローしてくれる。

ちいさいけれど、頼りがいのある姉のような存在だ。

「ふっふっふ。これで、良くんの人気は、揺るぎないものになったわね」

「委員長ぉ……」

腕組みをして満足そうに笑う彼女に、思わず肩を落としてしまう。なんだか、一気に疲れが出てしまった。

彼女はこのたび、わたしにこんな役どころを与えてくれた張本人で、更にいうと、白を基調としたストイックでカッコイイ、中世の騎士のような衣装のデザインをしたのも彼女だ。縫製は家政科の猛(も)者(さ)たちが請け負ってくれて、熱意はプロ以上でした。本番までに何度衣装合わせしたことか。

「良くん、こっちこっち！」

彼女は人気のない空き教室にわたしを引っ張り込むと、わたしの格好を頭のてっぺんからつま先まで見て何度も頷いてから、教卓の下からごそごそと荷物を取り出してきた。

「はい、良くん」

革でできた、頑丈そうな無装飾で色気のひとつもないそのリュック……いや、古風に背負い袋と呼ぶべきそれを手渡される。なにが入っているのかわからないけど、ずしりと重い。

「いらないとは思うけど。水と三日分の携帯食料。あとサバイバル用のナイフが右のほうに入れてあるわ。こっちには雨避け用の布が一枚と、これが一番重要なんだけれど、『誰でもできる簡易魔法書』が入ってるから、しっかり読んでね」

「はぁ？」

立て板に水が流れるように淀みなく説明した彼女の最後の言葉に、思わず首を傾げる。

かんいまほーしょ？　ってなに？

「とりあえず、イストーラの人が迎えてくれるはずだからね。イストーラにいってね。間違っても、イフェストニアにはいかないでね！」

「いふぇすとにあ？」

「そこはいかないで！　あ！」

後半は早口で、理解できないまま、目の前にいたはずの委員長が消えた。

第一章　前途多難

うみょ〜ん　　ぐにゃりと委員長が歪む。

ぬみゅ〜ん　　夕日が差し込む、校舎の大きな窓が歪む、壁が床が歪む。

ぬるるる〜ん　　ぐにゃりと歪んだ世界が緑色に変わる。

妙な擬音が聞こえてもおかしくない感じで、目に映る景色が歪んだかと思えば、わたしは見渡す限り一面に緑が広がる森の、舗装されていない道の真ん中に立っていた。

うーむ、あの妙な景色のせいで、危うく酔うところだった。なんだか、頭もぼーっとするけれど、清々しい空気を深呼吸して、はたと動きを止める。

「え？　も、り？　なぜ、森っ？　それに、いまは秋のはずなのに……」

多分、現在、早朝。空気がひんやりしていて、道脇の草には朝露が光っている。

緑は、いままで目にしたことのないくらい、生き生きと茂っている。絶対に、高校のご近所にはないような大自然だし、いまは十月の頭なのに、この青々とした緑はおかしくない？

「どこ、ここ？」

ポツリと零すが、それに答える声はない。

「委員長？」

うん、多分委員長が仕掛け人だとは思うんだけど。

「はぁぁぁぁ……」

軽くめまいがするが、深呼吸してやり過ごす。

多分だけど、彼女が仕掛け人だとしたら、間違いなく彼女が迎えにきてくれる。彼女は、わたしをこんなところに放り出すような、無責任なことをする人間じゃないし、その証拠がこれだ。両手で持っている背負い袋に、視線を落とす。

迎えにくるつもりがないなら、こんな生きるために必要な物を渡したりしない。

袋を開くと、皮袋の水筒が二つで一リットルくらいの水があり、麻の紐で束ねられてるジャーキー他乾物数種類、そして、なんだかごわごわしている布一枚とナイフ一本、ごつくて、実用主義な形状を見るに、これをリアルに活用せよと言われている気がする。木を削れってことかな、うん。

そして、薄い本が一冊。

「『誰にでもできる簡易魔法書』、ああ、簡易、魔法書ね。魔法？」

ぺらぺらと中身を捲ってみる。

「あれ？　日本語と、委員長の暗号文字だ」

ちょくちょく変なことをする委員長は、文字まで自作していて、それをクラスに広めて教師には知られたくない文章などを、その文字で書いた文書で回覧していた。クラスのみんなもノリがいいから、全員その文字を暗記して使いこなしていて、例に漏れずわたしも彼女のスパルタ指導でその文字を覚えていた。

「変に凝り性だもんなぁ」

苦笑いしつつ、背負い袋に入っていた固い布を地面に敷いて座り、本を開く。

最初一ページに一個の魔法が書かれていて、後半になると見開きでひとつの魔法、ということは、一ページ目からやっていって、どんどん難しくなるってことかな。

「えーと、虫除けの魔法？　利き手の手のひらを胸に当て、その後、その手を小指から順に指を握りこみ、虫除けスプレーあるいは防虫剤で、周囲に虫がこなくなるのをイメージしながら〝虫除け〟と唱える」

実践してみた。右手で軽く胸に触れてから、手を握りこみ。「虫除け」と唱えて、虫除けスプレーを周囲に撒くイメージで軽く手を振った。

……特に変化はないみたいだ。

まぁ早朝で、まだ虫が動き出す時間じゃないから、もうすこししたら、ヤブ蚊とか出てきそうだし。なんせここは森の中だ、効果の程はイヤでもわかるだろう。

「次、いってみよー」

火をつけるのは、ちいさな火だったら「ライター」を、大きな火だったら「火炎放射器」をイメージすればいい。言葉にすれば、よりイメージが明確になるんだって。

「ふむ、ふむ、前フリはどれも一緒なんだね」

胸に手を触れさせてからその手を握って。森の中で火炎放射器は危険なので、ライターサイズの火を出したけれど、本当に火が出て凄くびっくりしたし、なんだか安心した。

よかった、ちゃんと魔法が使えるんだ。

水を出すのもお茶の子さいさい。霧吹き状のものから消防車の放水、ナイアガラの滝みたいなのもいけちゃいそうです。なにもないところから、ちょろちょろ水が落ちるのはちょっとシュールだったけれど、手ですくって飲んだらどこぞの天然水のようで、おいしかった。

言語の自動変換魔法なんてのもあった。日本語を瞬時にして、こちらの言葉に変換するというものだけど、近くに第一村人すらいない状況では、ちゃんとできたのかは不明。

他に便利そうな魔法は。傷を治すなら「頑張れ白血球」で体内の白血球が頑張っているようすをイメージしてとか。この本によると「ＡＥＤ（自動体外式除細動器）」なんかもいけるらしい、イメージさえしっかりしていればね。

そして、ちょっと変則的な使い方。

「ナイフを左手に持ち、右手を一度胸に当てたあと握り込み、その後、刃に自らの血を与えて自らとの繋がりを作る。そして、自分の求める刃物のイメージをナイフに送る」

刃物のイメージといえばやっぱ日本刀かな、おじいちゃんちにあったカッコイイやつ。

グッと目を細めて、ナイフを見ながら日本刀をイメージする。

「ほぁぁぁぁ！」

右手には見事な日本刀が握られているわけですね。

凄いな、魔法って！　ただ、この魔法書、実践部分しか書いていなくて、魔法の仕組みなんかは一切書かれていないんだけど、それってどうなの？　パソコンとかも作り方を知らなくても使えるし、そういうもんなのかな。

日本刀をひゅんひゅん振り回し、近くの草を切ってみると、面白いくらいよく切れた。重さはナイフのままだから、見た目に反してかなり軽い。

戻すときは、手から離せば勝手にもとに戻る。

便利といえば便利。いろいろ他のものに応用できそうだし、たとえば、お料理するときには「包丁」に変えちゃうとか。

「『基本的な使用方法は以上となります。術者のあなたのイメージ力次第で、魔法は無限に広がります。魔術師ライフをお楽しみください』ふーん、ということは、これってオリジナルの魔法なんかも作れちゃうんだ」

すっかり昇りきった太陽を見上げ、いつまでもここで遊んでいるわけにもいかないかと気付いた。虫は寄ってこないから、虫除けはバッチリ効いているみたいだし。さて、どこに向かうんだっけ？

「あー、確か、イエ――なんってったっけ、委員長にどっかに行けって言われた気がするんだけどイしか思い出せない……」

魔法書に書かれていた魔法で遊ぶのに夢中になりすぎて、大事なことが頭からすっぽり抜け落ちちゃったけど、まぁいいか。誰か次に会う人に聞いてみよう。

そう思って、道なりにひたすら歩いていたんだけど。ううっ、体力増強とかの魔法も創れるのかな、基礎体力をあげるなんてイメージができないんですけどっ。

現代人の体力を思い知ったよ！　女子高生だから若さでカバー、とか無理！

そのうえ、誰にも会わない！　ここ、道路だよね？　どうして誰にも会わないの。

拗ねた気分で、ちんたら歩いて、休んでの繰り返し。歩きながら食べていた乾物も、いつの間にかなくなっていて。そのうえ、太陽が傾いてきている。

『野宿』

野性味あふれる単語が脳内にひらめいたけれど、できればそれは避けたい。

ここまで歩いてきて、野生の獣とかに遭遇はしていないけど、いないって保証はない。夜がどこまで冷えるのかもわからない。

っていうか、野宿ってどうやるのかな。テントもないし毛布もなくて、使えそうな装備は雨避けの布とナイフ。

うぅむ、魔法で出せないだろうか？　テントをお手軽にポンッと。手を胸に当ててから握り、前方の路上を睨む。

「〝出でよテント〟！」

しーん。

しっかりイメージはしたんだけれど、なにも出てこなかった。やっぱ無理かぁ。本にも、なにもないところから物を出す魔法は書いていなかったもんねぇ。

手を胸に当ててから握り、人差し指をぴっと立てる。

「〝点火〟」

イメージしたとおりにライターのごとく指先に火が点(とも)った、それをフッと吹いて消す。こういうのなら出せるんだけどなぁ。自然現象だからよくて、物体は駄目なのかも。

でも、ナイフをもとにして刀を出現させることはできるんだから……あっ！　そうかっ！

手を胸に当ててから握り、ナイフの先でちょっとだけ指先を傷つけて、その血の出ている手を地面に敷いた雨避け布に当てる。

「〝テント〟」

昔、家族でキャンプに行ったときのテントをもとに、最近ネットで見たソロキャンプ用のテントをイメージする。肌寒くなってきたから機密性はバッチリに。

途端に、目の前にちいさめテントが完成された。可愛(かわい)い四角錐(しかくすい)の、一人用テント。

「や、やったぁ！」

手を離した途端、それは一枚のごわごわした布に戻りました……。

「と、とりあえず、手を離さなきゃ大丈夫ってことだよね、うん」

見上げた空には星が瞬(またた)きだしていた。

何度か試行錯誤して、大きすぎず、ちいさすぎないサイズのテントを設置した。ほら、こんな田舎(いなか)道(みち)だし？　夜だし？　日中すら人っ子ひとり通らなかったこんな道を、夜に通る人なんているわけないよねってことで、広くはない道の大半を埋めてテントを設置して、その中に転がり込んだ。

胸を潰すために着込んでいる、ぴっちりとした加圧シャツを脱ぎたいな、なんて思いながらも着替えがないので諦(あきら)めて、上着だけ脱いで横になって上半身にかける。こうしておけば、タンクトップだけだから肌がテントから離れることはないよね。

地面がごつごつしていて寝づらいなぁ、と思ったのはほんの一瞬で、あとは夢も見ずに眠った。

◆・◇・◆

ぼふぼふぼふぼふぼふぼふぼふ。

朝っぱらから変な音に起こされた。

「ほぁ？」

ぼけっと起き上がると、ほぼ地べたである高反発な寝床のおかげで、全身痛い。ああそうだったよ、委員長絡(がら)みでなんか凄いことになってるんだっけ、魔法が使えるようになったりとか。

「うーんっ、あぁ、体が痛い……」

テントから肌が離れないように気をつけながら伸びをすると、関節からバキバキと小気味よい音が鳴った。こたつで寝落ちしたときを思い出すなぁ。

ぼふぼふぼふぼふぼふ。

「おい。野営するなら、場所をもうすこし考えろ、馬が通れないぞ」

苛立(いらだ)たしげな声が聞こえてきて慌(あわ)てる。人通りがないからって、狭い道にテントを立てたのはまずかったな。馬が通るなんて思わなかった……馬？　まさか、馬車とかなの？　あっ！　それに、第一村人に遭遇だよね！　ワクワクしながら、大急ぎで上着を着込んでテントから這(は)い出した。

「はいはーい……ひっ！」

一拍後、眼前に刃物が据えられた。

ぎゃぁぁぁぁっ！

内心で絶叫して、ぺったり地べたにへたり込み、両手をホールドアップ。

わたしが離れたテントは、素肌と接点がなくなったために、一枚の布に戻っちゃったのが視界の端に見えたけれど、それどころじゃない！　剣っ！　剣が突きつけられてるんだよっ！

「動くな」

低い声に命令されて、身動きを止める。恐る恐る視線をあげれば、群青色した詰襟の制服に身を包んだ赤い髪の外人さんが、剣呑な緑色の目でわたしを見下ろしていた。見ず知らずの、外人さんに剣を突きつけられて、超怖いっ！

でも言葉は、わかる。もしかして言語の変換魔法がちゃんと機能してるのかな。日本に戻っても効果があれば、外国語の授業で高得点出せるかも、なんてね……現実逃避しちゃっても仕方ないよね。

「隊長。この制服、装飾こそないですが、魔術師のものですね」

これって騎士服じゃなくて、魔術師の制服だったのか。

赤毛の男の人が剣をおろして振り向けば、隊長と呼ばれた男の人が赤毛の人以上に怖い顔で、わたしを見下ろしていた。ひとまわり大柄で、青みがかったグレー混じりの黒髪の……見るだけで息の根を止められそうな眼力の彼の視線に晒されて、息が止まりそうになる。

「あぁ。だが、イストーラの魔術師だとして、なぜわざわざ、その制服のまま来る？　なにか裏があるのではないか？」

後半はわたしに向けて、きつい口調で言っていたけれど。えぇと、聞いたことがある単語が出てきましたね？

『イストーラ』

確か、委員長がイストーラにいきなさいって言ってなかったっけ？　それで、イなんとかはダメって言ってたんだよね、確か……ええと、なんだっけ。

「我が国イフェストニアに堂々と隣国の、もっとも警戒すべき魔術師がその制服のままくるとは。こうも堂々と喧嘩（けんか）を売られると、いっそ清々しいですね、隊長」

ほわわぁぁぁ！

やっぱり、ここはイフェなんとかって国っ！　そして、この制服は隣の国の、それも多分、仲良くない感じの国の、魔術師とやらのモノで！　わたし、このままだと敵認定されてしまう！　いや、もうされてる！

なんてもの着せてんのよ委員長ぉぉぉ！　心の中で号泣だ。

「ジェイ、拘束しろ。時間がない、とりあえず連行する」

隊長と呼ばれた、凶悪な程目つきの鋭い男の人が短くそう言う。

「了解」

背後からきた人に、ホールドアップしていた手を強制的におろされて、体にくっつけたままぐるぐる巻きに……簀巻き（すまき）にされた。

「あ、よいしょっと」

上半身簀巻きのまま、馬の背に荷物のように乗せられる。はじめての乗馬、視界が高くて怖い！

「なぜ、私の馬に乗せる」

隊長の低く唸るような声が聞こえた。

「だって、俺の馬には荷物積んでますから。大丈夫、こいつ軽いから、そう荷物にもなりませんて」

か、軽い？　確かに軽々と持ち上げられはしたけど、軽いと形容される程ではないよ？

それにしても、馬の背にでろーんと横向きに乗せられるのは、バランスを取るのが難しいです。馬もおとなしくしてはいないから、足踏みとかしちゃって、その度に落ちそうになって体勢を整える。

馬って結構高さがあるから落ちたらしゃれになりませんって。落ちるなら、せめて足から落ちたいです！　顔面はいやっ！

必死でバランスを取っていると重いため息が聞こえ、グッと一瞬馬が沈み込んで、馬の背に寝そべるわたしの横に隊長が乗った。

「仕方ない。余計な時間を取った、急ぐぞ」

言いながら、わたしを持ち上げてちゃんと座らせてくれた。

いやいやいや、ちゃんと座らせてもらっても、この不自由な簀巻きの状態で乗馬なんて無理ですからっ！　足に力を込めて馬の背を挟んでみても、上半身が安定しないから、馬が歩き出したら横に落ちること必至。

なんとかいい姿勢を取ろうと、四苦八苦する。

「動くな」

頭上で低い声がして、グイッと体が引っ張られたかと思うと、うしろに乗る隊長の体に縄でくくりつけられた。

いくら縄で括りつけてもらっても、無理なものは無理！　体勢を崩すわたしのお腹に、隊長の見た目よりもがっしりとした腕が回り、支えてくれはしたんだけど。初乗馬が簀巻きのまま、っていうのは無理があった。

結局わたしは隊長のうしろに乗せられ、両腕を隊長の前に回して、隊長ごと縄で縛られてます。隊長、細く見えるくせに筋肉質で体格がいいから、腕を目一杯伸ばしても手が届かない。でも胴をしっかりと縛り付けられているので、顔が隊長の背中にぴったりくっついて……馬の歩く振動で顔が服で擦れて痛いです。

捕虜って位置づけらしいので、不平不満なんて言えるはずもありませんけどね。連れて歩くのが邪魔だからって、切って捨てられても困るし。でも、もうすこし緩く縛ってくれたら、楽なのになぁ。

だから、隊長が道の途中で休憩を宣言してくれたときには、心底ホッとした。やっとこの、地味な拷問から解放されるー。

「あーあ、顔擦り剥けちまったな」

赤毛のジェイさんが、縄を外してわたしを地上におろしてくれた。が、足が地面についたのに、膝ががくんと笑って、尻餅をついてしまう。

「あれ？　た、立てない……」

まだ、手を拘束されていないからなんとか両手をついて立ち上がろうとするんだけど、生まれたての子鹿のように、足がプルプル震えて力が入らない。

「なにをしているんだ、遊んでいるのか」

隊長の冷たい声がふってくる。

「ちょ、ちょっと待ってください、ね、っと」

バランスを取って、ふらふらしながらもなんとか立ち上がる。

「はい、ご苦労さん。手ぇ出して」

「あ、はい」

すかさず体の前で両手首を縛られ、縄の端を木に繋がれる。あー、脱走防止ですね。

「魔術師の割に、随分と素直だしおとなしいなお前。それに、まだ子供なのに従軍してるのか。イストーラの魔術師が減ってきてるってのは、本当なんだな」

「従軍？」

ジェイさんに言われて、首を傾げる。

「そうだろう？　その制服は、イストーラの国に仕える、魔術師のもんじゃないか」

「ジェイ、尋問ならあとだ。それよりも、この先だが――」

隊長がジェイさんを呼び寄せ、二人ですこし離れた場所で打ち合わせをしている。お馬さんが二頭呑気に草を食べているのを見ながらホッと息を吐いて、凝り固まった体をほぐすべく、屈伸をしてから足のスジを伸ばす。

顔の擦り傷も治したいなぁ、両手を縛られてるけど別に魔法を使うのに支障はないわけだし。まだ打ち合わせは終わらなさそうだし、お馬さんの陰になってるから、こっち見えないよね。よし、ちょっとだけやってみよう。

両手へと続く紐をくくりつけられている木の根もとにしゃがみ込む。縛られている手を胸に当て、握りこむ。そして、怪我が治るイメージ。

「〝頑張れ白血球〟」

熱を持っていた頬がすーっと冷めて、指先で触れてみたけど、違和感も痛みもない。本当に凄いなぁ魔法って。

手首を結ばれている両手を見て、感動していると突然金属音が聞こえた。

「目障りなイフェストニアの狂犬め！　いいところで会ったわ！　ここで、始末してくれる！」

森に響く甲高い男の声。わたしと同じく、木に繋がれている馬が、空気を察して鼻息を荒くしているのが怖い。

馬に蹴られないように木の陰に逃げ込み、こそこそと隊長たちのほうをうかがうと、隊長たちが剣を持った男の人たちと交戦中だった。

えぇと、山賊とか盗賊じゃないよね。あっちの人たち、随分と立派な制服を着てるし、剣も立派だし。いつの間に、これだけの人間が近づいていたんだろう。十人くらい人間が増えていた。

え、本当に、いつの間に？　わたし、そんなにぼんやりしてた？

内心自分の迂闊さに焦りながら、木に縛り付けてある紐を解こうと試みる。なんだこれ、固くて全然ほどけないっ！　ジェイさんの馬鹿力めっ！

手だけじゃなく歯も使って緩めようとしたけれど、まさに歯が立たない。これはもう、奥の手を使うしかないよね。

あとで怒られても仕方がない、木に繋がれたままじゃ、万が一のときに――。万が一？　いやいやいや、大丈夫、そんなことあるわけないよ、だって委員長がわたしをここに寄越したんだよ？　安全だから寄越したに決まってるよね。

さて、気を取り直して、胸に手を当ててから握りこむ。スパッと切るイメージで、手を木に繋がる縄に向けて振った。

「〝カマイタチ〟」

スパッ、スコンッ。

よし、切れた！　ちょっと切れすぎて、木まで切れ目が入ったけど倒れてないから大丈夫。こそこそとしゃがんで木の陰を移動する、安全確保は大事だもんね。

それにしても、ひいふうみー……九対二って、多勢に無勢すぎないかな。あの男の人たち、イストーラの人みたいだけど、なんだか凄く悪人っぽくて嫌だな。

それに、わたしを捕まえてる敵？　の人だけど、隊長たちが心配になってくる。なんだろう、こっちの世界にきてはじめて会った人たちだから、親しみが湧いちゃってるんだろうか。

状況的には……いま、イストーラの人たちに保護を求めたほうがいいとは思うんだけど。でも、どうしても嫌で、この茂みを出る勇気が出ない。

九対二なのにも関わらず、隊長とジェイさんはお互いの背を守りながら善戦している。

「すっごい……っ」

お互いが、お互いの隙をカバーしあって、あの人数を相手に戦っている。だけど、隊長の顔に焦りが見えはじめた。彼がチラチラと気にしている場所があることに気付き、そっちを見た。

九人だと思っていた男たちには、もうひとり仲間がいたらしい。裾の長いマントを翻し、ゴテゴテと装飾過多な服を着た男の人が——踊っていた。両手を天に突き出し、右へ左へ両手を回し、首もこきこき、右足で円を描きながら、左足はつま先立ちする。

なんで、こんな緊迫してる場面で創作ダンス？

「まずい！　魔法を使われるぞ！　ジェイ、気をつけろっ」

「気をつけろ、ったってっ」

隊長たちの焦りの混じった真剣な声に、思わず「え？」と声が漏れてしまう。だって、魔法？　あの創作ダンスが、魔法？

「〝我に流れし、尊き魔法の血潮よ、我が声に応じ魔法を具現せよ！　愚かなる者共へ、無慈悲なる眠りを与えたまえ！〟」

甲高い声で魔法を唱えると、片足立ちで片手を頭上に真っ直ぐ伸ばし、もう片方の手を隊長たちのほうへと向けた。

「ぐ……はっ」

途端に、バタバタと倒れるイストーラの人たち、およびジェイさん。ああっ、ジェイさんが魔法に巻き込まれてるっ。

隊長とイストーラの三名は素早くその場から逃げ、あの人の魔法にかからなかったみたいだ。っていうか、仲間ごと眠らせちゃっていいものなの？

「くそっ！　ちょこまかと！　貴様ら！　しっかり囲っておかぬか！　愚図どもがっ！」

マントの人が地団駄を踏んでいる。大人の人が地団駄踏んでるのはじめて見たけど、恥ずかしいもんだね。

そうして、魔術師は喚き終わると、もう一度踊りはじめた。さっきと同じ創作ダンスだ。

隊長がマントの人に向かって走ろうとするが、残った男たちがそれを阻む。緊迫した空気なのに、あのマントの人の存在で一気にコメディだよね、ぷぷっ。

……なんて思っているのはわたしだけだったようで、剣を持ったひとりが、路上で倒れているジェイさんに向かったのに気付いて焦った。その剣でなにをするのか、すぐにわかったから。

考える間なんてなかった。

胸に手をやってから握りこみ、いまにもジェイさんに斬りかかろうとする男を見据えた。

「〝とまれっ〟」

剣を振り下ろすその瞬間、停止ボタンを押したように、止まった。心臓まで止めてないかと心配になったが、顔を赤くしてなんとか動こうとしてるのが見て取れて、ホッと胸をなで下ろした。

「ま、魔術師がいるぞっ！　気をつけろっ！」

止まっている男が声を張り上げれば、隊長と切り結んでいないほうの男が素早く周囲を見回した。

行動は止められたけど、声を止めることまでは考えてなかった！　やばい、やばいっ！　慌てて木の陰に隠れたが、しっかりと見つかった。

「貴様かっ！」

「人違いですーっ！」

人違いもなにもないが、叫んで逃げるわたしを男が追いかけてくる。草をかき分けて走るのなんて、無理ぃっ！　すっごく、走りにくいっ！

茂みを抜けてなんとか道に出れば、すぐ目の前に創作ダンスを踊る人が！

「踊ってる場合かぁぁぁっ！　邪魔ぁっ！」

走る勢いのまま、踊っている人の脇腹に膝を叩き込んでしまった。しまった、弟と戯れるときのノリで、つい膝蹴りを入れちゃった！

無防備に踊っていた人はもんどり打って倒れ、わたしもその勢いでその人のうえに膝から着地して、そのままゴロゴロ転がってしまった。

「ぐふっ！」

「魔術師殿っ！　大丈夫ですかっ！」

お腹を押さえてのたうちまわる魔術師に、わたしを追っていた人が駆け寄る。

「撤収っ！」

隊長と切り結んでいた人がそう声をあげると、魔術師の側にいた人が、魔術師を背負うようにして逃げ出した。

残されたのは、隊長とわたし、そして爆睡しているジェイさんと他六人。

え、寝てる人たち、置いてくの？　地面から起き上がって、呆然と逃げていく三人を見送り、もうひとりいたことを思い出した、いまにもジェイさんに剣を刺そうとして硬直している人。

慌てて起き上がって、振り上げられている剣の先から、寝ているジェイさんを引っ張ってずらす。

「貴様ぁ、新米の魔術師のくせに、我らに刃向かいおってぇ！　クソがぁっ」

「ひっ！」

身動きが取れないながらも、目だけ動かした男にギロリと睨まれ、その恐ろしい形相にジェイさんを抱えたまま、尻餅をついてしまう。

「許さぬ、許さぬ、許さぬぞ」

怨念のこもった声に鳥肌が立ち、ジェイさんを抱えたまま思わず目を瞑り、両手で耳を塞ぐ。怖い、怖いっ。

「愚図め、貴様は必ず――」

血を吐くように怒声を浴びせていた男の声が途切れ、どさりという音と共に沈黙した。恐る恐る目を開けば、男はすこし離れた地面に倒れ、わたしと男のあいだには隊長が立っていた。

彼はへたり込んで涙目になっているわたしの前にしゃがむと、おもむろにわたしの襟首を掴んで、引き寄せた。鋭い目に睨まれて、滲んでいた涙が零れて落ちる。

「いいか。戦いの場では、どんなときも目を閉じるな！　耳を塞ぐな！　わかったか！」

「ひっ！　は、はいっ」

反射的に頷いたわたしに満足したのか、襟首から手を離した隊長はちいさく舌打ちすると、わたしの頬を手のひらでゴシゴシと拭った。

「怒鳴って、悪かった。お前が、助けてくれたのに。だがよかったのか、俺たちを助けてしまって」

あ、涙を拭いてくれてるんだ。

「ええと、その、成り行きで……」

「成り行きで、仲間に背いたのか。馬鹿なヤツだ」

わたしが適当に誤魔化すと、隊長は緩く笑った。きつい目元が緩んで、すこしだけ柔らかい印象になって、ちょっとだけドキッとしたけど、それよりも聞き捨てならない言葉が！　あんな人たちとは仲間ではないし、それに、助けたのに馬鹿呼ばわりなんてヒドイ。

「イストーラでは魔術師が至上なのだろう？　あれだけの勲章をつけた魔術師に、お前のように若い無勲の魔術師が刃向かうなど、極刑ものだろう」

「え？　きょ、極刑、なんですか？　ええと、でも、その」

どう説明していいものか、いや、説明してもいいの？　わたしはイストーラの人間じゃないって？　イストーラの魔術師の制服を着てるから信憑性がないけど、信じてもらえるだろうか。

説明しようと、覚悟を決めたとき、彼の言葉で遮られた。

「ああ、なるほどな。わかった、そういうことなら、なんとかしてやらんこともない」

「え？　あの？」

なにがわかって、どうするつもりなんですか？

「捕虜という形でお前を連れていく、だが悪いようにはしない」

捕虜！　どう考えても悪いじゃないですかー！　そう突っ込みたかったが、隊長の次の言葉に口を噤まざるを得なくなった。

「どうする？　そこで寝ているイストーラの兵が起きるのを待って、イストーラに戻るという選択肢もあるぞ。ついてくるか、帰るか、いま決めろ」

イストーラに、帰る。隊長たちと戦ったこの人たちについていく……？　この人たちに？　そんなの絶対に嫌だっ！　あんなおっかない声でわたしを脅す人となんて、絶対に無理！

「ついていきます！」

こんな怖いイストーラの人と一緒にいくくらいなら、お二人についていきますとも！　絶対にそっちのほうがいいに決まってる。だって、こんなすこしの時間で、このイストーラの人たちとは、絶対に一緒にいきたくないって思っちゃったんだもん。

それにくらべて、隊長とジェイさんは、不思議と嫌な気持ちにならないんだ。だから、即決。

「賢明な判断だ。それにしても、両手が拘束されたまま、どうやって魔法を発動させた？」

ぎくり。

さっきの創作ダンスが、本来あるべき魔法の手順だとしたら、わたしの手順は明らかに短いよね。本当のことを言ったら、問題があるだろうか？　ありそうだ。

「え、えぇと……ですね……」

目の前に立つ隊長が、怖くて見上げられないです。言葉を選んで口ごもるわたしの顎に隊長の手がかかって、くぃっとうえを向かされ、強制的に目を合わされた。膝にジェイさんを乗せているので、簡単に逃げられないし！

う、うわぁあ。

藍色(あいいろ)の目が、じっとわたしの目を見つめる。

彼氏のひとりもいたことのないわたしには、こんなに真っ正面から男性の目を見つめるのは凄く、恥ずかしくてつらいっ。

だって、隊長、ぱっと見は強面(こわもて)のくせに、よく見ると案外顔立ちは整ってるんだもん！　大人の男の人に見つめられたら、照れもするでしょ！　掴まれているので顔は背けられなくて、目だけ逸(そ)らす。

「目を逸らすな」

言われて、ちらっと視線を戻すが……無理ですぅっ！

ギュッと目を瞑ってしまった。すると、上向かされている唇を、ペロリと舐(な)められた。

「ひゃぅっ！　な、なっ、なにしてっ！」

驚いて抗議しようと開いた目の前に、隊長の強い視線があった。

「血の盟約を取らせてもらうぞ」

「へ？　む、ふぐっ」

わたしの声が、隊長の口に吸い込まれ、他人の舌が口腔(こうこう)に忍び込んでくる。

キスなんて想像したことしかないけど、ファーストキスにしては一足飛びな気がしますよ！　普通はチュッじゃないんですかっ。いや、その前に恋人同士ですらないのに、キスーっ！

どうしていいかわからず、見開いたままの目に、隊長の細められた視線がぶつかり、目と目を合わせたまま唇が何度も合わせられた。目を閉じるタイミングがなかったし、目を閉じたら負けのような気がしたんだもんっ。

「いい度胸だ。目を開けたまま口付けをしたのは、お前がはじめてだ」

呆然としているわたしに、隊長が濡れた唇で笑う。

「……っつ！　最低っ！　血のメイヤクってなんなんですかっ！　意味わかんないっ！」

繋がれたままの両手で、ゴシゴシと痛くなるくらい唇を擦りながら反論する。わたしのようすを楽しそうな顔で見ていた隊長が、不意に真剣な目になった。

「なるほどな、血の盟約すらまだ知らぬひよっこの魔術師か。それで、お前は両手を使えないその状態で、どうやって魔法を行使した？」

ぎくり……思わず顔を背けてしまう。

「魔法の行使には、先程の魔術師がやったような操駆が必要だが。お前は両手を縛った状態で魔法を行使しただろう。どうやって操駆をした」

ソーク？　やっぱり、さっきの魔術師がやったみたいな踊りを踊らないと、魔法が使えないってことなの？　わたしがやる胸に手を当てて握りこむってのが、ソークってやつなのよね？

それで、わたしが使うような簡単なソークってないってこと？　あの魔術師の人、踊ってたもんねすっごく真剣に、そのうえ呪文の言葉もやたらと長かったし。

もしも、わたしの簡単なソークで魔法が使えるってバレたら、どうなるのかな。

どうする、どうする、さぁ、どうするわたしー！

「え、えぇとですね」

視線が泳ぎ、冷や汗がだらだら出てくる。

「わかった、とりあえず、ジェイを起こしてみろ」

そう言って、わたしの膝で寝ているジェイさんを指さした。

「は、はぁ」

確かに、もうそろそろ起こすべきだろうけど、わたしが起こしていいのだろうか。わたしは曖昧に頷くと、ジェイさんの肩を掴む。

「ジェイさーん、起きてください！」

耳元で声を出して、ワシワシと乱暴にジェイさんを揺すった。近くに、敵？　の人たちも寝ているので、あまり大きな声を出しちゃ駄目かなと思ったけど、今更だよね。なので、拘束されたままの手で、力一杯ジェイさんを揺さぶり、声をかける。

「ふぁっ！　ふへ？」

寝ぼけてる、どんだけぐっすり寝てたんだ。

「ほぉ？　この流れで、そう起こすか？」

頭上から低く唸るような声が聞こえた。え、なに？　起こしてって言ったよね？

「はっ、た、隊長っ」

隊長の至極不機嫌な声で、現状を思い出したらしいジェイさんは慌てて起き上がり、周囲を見回してきょとんとした。

「あれ？　これは、いったい？　魔術師もいなくなってるじゃないですか」

「奴らは引いた」

端的に結論だけ言うと、隊長はわたしの頭をわしっと掴み、ギリギリと力を込めた。

「痛い！　痛い！　痛いっ！」

魔法で起こして欲しいなら、そう言えばいいのにっ！

「なにやってんすか隊長。イストーラの魔術師とはいえ、虐待はまずいっすよ」

やんわりと隊長を諫めてくれたジェイさんに、心の中で感謝しておく。いつか、なにかお礼しますからっ。

「それに、魔術師の制服は着てますが、まだガキじゃないっすか」

「ガキだろうが、魔術師だ」

隊長はわたしの腕を掴み上げて強引に立たせると、わたしの手をぎっちり掴み、左手の指先にナイフの刃を当てた。

「いたっ！」

「ジェイ、舐めろ」

隊長はそう言って、わたしを背後から拘束したまま、ジェイさんのほうへわたしの手を無理矢理差し出す。

「な、なにするんですかっ！　ちょっと！　ジェイさんも、止めてくださいよっ！」

「ジェイ。緊急事態だ、私が責任を持つ。早くしろ」

急かす隊長の声に、ジェイさんはすこし躊躇いながらも、血がぷっくりと浮いたわたしの指先をペロリと舐めあげた。

えぇぇ！　なに？　血が好きなんですか？　ジェイさんって吸血鬼？

困惑して、涙目で隊長を見上げれば、見下ろしていた隊長と目が合う。

「よしいいだろう」

「隊長は？」

「私はもう済ませた」

なんだろう、もう！　まだズキズキと痛んで、血の浮き出る指先を握りこむ。

「隠すな。いま手当てする」

「あ、俺がやりますよ」

「いい、私がする。手を出せ」

強引に手を開かされ、傷に水をかけてゴシゴシと擦られてから、布を巻かれる。ついでに手首を縛っていた縄も解かれた。

「え？」

「お前の血を受けたから、我々にはお前の魔法の脅威はなくなった。怪しい行動をすればまた拘束するなり、切って捨てるなりする。肝に銘じておけ」

　言葉の意味がわからないけれど、隊長のひと睨みにコクコクと頷く。切って捨てるってのは言葉の綾だと思うけど、もし本当だったら怖いから、誓って逃げませんとも！

またしても馬上、隊長のうしろに乗せられて、大きな背中にしがみつく。

拘束がなくなったから、随分楽になりましたよ！

そうそう、隊長が言ってた『魔法の脅威がなくなった』ってのは。魔術師の血等を摂取した者は、その魔術師の攻撃魔法が効かなくなるんだってー。

簡単に教えてもらったけど、ようは、相手の体内に入ったわたしの細胞が、相手の中に同化して、味方認識しちゃうから、とか、そんな感じっぽい。正直に言って、その理屈よくわかんないけど！

疑問は尽きないながらも、おとなしく同行する。

胸に湧き上がる不安はあるけれど、無理矢理蓋をする。委員長が言っていた国とは違うけど、まぁどうにかなるよね、なにせ委員長だから、きっとなんとかしてくれるはずだもん。

それにしても、目下のところの問題は、お尻が発熱して二倍になってる気がするってことです。

「早くおりろ」

先におりた隊長が、馬の背で身動きできないわたしに、イライラしていらっしゃいます。おりようと焦ってはいるけれど、無理なんです……おりられません。高いし、足腰に力が入らないし。

痛みのあまり涙目なわたしの視線から、わたしの状態を察してくれたのか、隊長はちいさくため息を吐くと、馬上のわたしのわきの下に手を入れて持ち上げて、そのまま荷物のように肩に担いでくださいました。

……足もがくがくして、歩ける気はこれっぽっちもしませんけど、荷物のように担がれるのはちょっとどうかと思う。頭がさがって血がおりて、鼻血が出そうだし。

これじゃまずいと、なんとか隊長の背中に腕を突っ張って上体を起こすと、丁度宿屋に入る途中だったため、店の入り口に後頭部を強打してしまった。

「～っつ！」

「なにをやっているんだお前は」

「な……なんでも、ナイです……」

後頭部を抱え、隊長の背中に逆戻り。

先に入って宿泊の手続きを済ませていたジェイさんに続いて、担がれたまま上階への階段を上り部屋の寝台に転がされる。

「運んでくれて、ありがと、ございました……」

「おい、寝るな――」

隊長がなにか言ってるけれど、ぐったりとうつ伏せになったまま動けない。なんていうか、重力に抗（あらが）えないよ……無茶苦茶体が重い、お尻が痛くて熱い、お腹すいた、腰が痛い、眠い……。

「――ぐぅ」

うぅん、お尻が熱い……。

寝返りを打とうとして、全身の痛みに目が覚めた。

筋肉痛で目が覚めるのなんて生まれてはじめてだ。真っ暗な部屋の中、うつ伏せのまま考える。

どうしよう、全身筋肉痛で身動きすることすら無理っぽい。

だけど、どうにかして動けるようになんないと、動けないなんて言ったら、置いてきぼりにされるんじゃないかな？　あ、でも、わたしイストーラの魔術師で捕虜ってことらしいから……。わたしが隊長の立場なら、とりあえず、この町の警察かなにかに事情を話してわたしを引き渡すかな、だって、このままだと、足手まといの邪魔者だもん。

「…………」

い、いや、いや！　まぁ待て！　それなら、この町に入った時点で引き渡されてるはずだよね！

……多分、きっと。

そうしなかったってことは、わたしを連れていくメリットがなにかあると思われる！　……ただし、このまま動けなかったら、連れていってもらえるかどうか、アヤシイところだ。

よしっ！　なんとかして回復！　回復さえすれば、希望がある！

まずは、乗馬でダメージを負ったお尻をなんとかしたい。

痛む体に鞭打って、なんとか体を横向け、胸に手をやり目を閉じてイメージして熱を持つお尻に手を当てる。

「〝冷湿布〟」

ぺたんとなにかが貼り付いたような感じで、お尻がひんやり冷えてきた、そしてなんだか痛みも引いてきたよ。やった！　やりましたよー！　素敵魔法〝冷湿布〟！

実際に湿布を貼り付けているわけじゃないから、服を着ても違和感なしという超素敵っぷり。

よしっ！　この調子で、この筋肉痛もなんとかしてやるぞ。

「〝鎮痛消炎剤〟」

熱を持って悲鳴をあげている筋肉を癒すように手で撫でる。バッチリです！　ゆっくりと、しかし確実に体に染み渡ります、消炎剤最高！

魔法って凄いなぁとつくづく感心しつつ、痛みが引いて、その代わりに睡魔が押し寄せてくるのに抗えず、ベッドに突っ伏してしまうのであった。お腹すいたぁ……。

◆・◇・◆

いやぁ！　超快調！　凄いね、湿布&消炎剤！　筋肉痛もないし、お尻の痛みもバッチリなくなった！　いつもの調子で、目覚めと同時に起き上がり、背伸びをする。

昨日は夕飯も食べずに早々に寝ちゃったから、もう本当に、すっごくお腹がすいてる。薄暗い部屋の中、閉じられている窓の隙間から光が入り込んでいる。

ベッドからおりて窓を開くと、清々しい空気が部屋に流れ込んできた。思ったよりも早い時間なのかも？　凄く空気がおいしい！　おいしい空気で、物理的にお腹が膨れればいいのにな！

「わぁっ」

窓から見下ろした町並みに、思わず声が漏れた。だって、だって！　まるで西洋の田舎町みたいな素敵な町並みなんだよ！　石畳に白塗りの壁！　素焼きの植木鉢に草花が植えてあって。ここが日本じゃないって実感するけれど、不思議とそれが怖いとは感じない。

むしろ、なんだかワクワクしてくる。景色が美しいからかもしれない。

「ん……むぅ」

ごそりと身じろぐ気配と、不機嫌そうな唸り声が聞こえて、驚いて振り向いた。わたしが寝ていたベッドと反対の壁際に置かれていたベッドから、のそりと起き上がったのは隊長だった。

服を着ているときよりも逞しい、裸の上半身が眩しいです。いくつもある傷跡が、彼が実戦で戦う人なんだって教えてくれる。実戦……。

不意に涼しい風が入り込んできて、慌てて窓を閉めた。あっという間に、部屋の中が暗くなるけれど、目のやり場に困る隊長の裸が見えなくなってホッとする。

「すみません、まだ早い時間みたいだし、どうぞもうひと眠りしてください」

「いや、起きる」

狭い部屋なので、ベッドからおりて数歩で窓へきた隊長が、わたしが閉めかけていた窓を押し開く。

大きな体躯で、わたし越しに窓を開けるもんだから、ちょっと接近しすぎですよ隊長！　更に、そこでくつろがないでください！　わたし越しに窓の桟に手をついて、外の空気を堪能しないでくださいっ、逞しい腕と逞しい胸筋に囲われ、どうしていいかわからないですっ。

「あ、あの、おはよう、ございます」

「ああ」

悪態は胸のうちだけにして朝の挨拶をしたわたしを、隊長はチラリと見下ろして頷き、また窓の外に視線を戻した。

に、逃げたい。この筋肉の檻から、逃げ出したい。隊長の両腕に挟まれる居たたまれなさに、質問をひねり出す。

「あの、なぜわたしと隊長さんが同じ部屋なんでしょうか」

普通なら部下であるジェイさんとわたしが同室で、隊長はのびのびとひとり部屋ってもんじゃないのかな。おずおずと見上げると、見下ろす隊長と目があった。

「尋問するのに都合がいいからな」

「ひぇっ」

思わず竦み上がったわたしに、隊長は喉の奥で笑った。

「まずは、名前を聞こうか」

「ええと、如月良子です」

そういえば名乗ってもいなかったな、と思う。ここ、外国だし、リョウコ・キサラギって名乗ったほうがよかっただろうか。

「名前が、良子です」

「リオウクォか。呼びにくいな。リオウでいいか」

リオウクォ……って呼ばれるくらいなら、リオウでいいです。なんだか、男っぽいけど。

「ええと、隊長のお名前は？」

「デュシュレイだ、デュシュレイ・アルザック」

「でゅしゅれー・あるざっくさん、ですか」

「デュ・シュ・レイ」

何度も言い直させられる、どうやら発音がおかしいらしい。ちゃんと言っているつもりなんだけど、違うんだろうか？　何度も言い直したわたしに、隊長はすこし考えてから、提案してくれた。

「ディーでかまわん」

「ディー？」

一気に短くなった。わたしの名前も短縮したから、こっちの世界じゃ短縮するのが普通なんだろうな、そういえばジェイさんも短いよね。

「今後は、ディーでいい」

「じゃぁ、そうします。ディー」

隊長がディーでいいって言ったんだから、本当に呼び捨ててやる。ちょっと意地になって、ビシッと言い返せば、彼は愉快そうに口元を歪めた。

「お前の度胸は、悪くないな」

「お前じゃなくて、リョウ……リオウです」

ムッとして訂正すれば、にんまりと唇が横に引き上げられた。え、獲物を狙う、肉食獣？

「だがな、リオウ。度胸の出しどころを間違えると、痛い目を見るものだ」

わたしの頬をかさつく大きな手のひらが包んだ。あれ、これって……。

「んーっ！」

わたしの馬鹿っ、前回もそうだったじゃないか！　なぜ、気付かない！

彼が合わせてくる唇から逃げようと、裸の胸を押したけれどびくともせず、背中に回った屈強な腕はまったく揺るがない。やめてよ！　と言いかけたせいで、開いた歯をこじ開けて彼の舌がわたしの口の中に滑り込む。

ああっ、これって血の盟約だ、そう頭の片隅で理解する。慣れないキス、違った、血の盟約！　前回と合わせて、ファーストキスにはノーカウント！

足腰から力が抜けるけれども、彼の屈強な腕がへたり込むのを許さない。

やっと血の盟約が終わって、ギュッと閉じていた目を開けると、彼の赤い舌が唇を舐めたのを直視してしまって、もう、もうっ！

あぁ、清々しい朝の空気が、一遍に淀んでしまったじゃないかー。

ゴンゴンゴンと部屋のドアをノックする音に、必要以上に驚く。早朝から、後ろめたさが全開ですよ！　ディーのせいで！　……いや、やっぱり隊長って呼ぼう、名前で呼んだら悪いことが起こりそうだし。

「隊長、起きていらっしゃいますか？　服を調達して参りました」

ドア越しに、ジェイさんの声が聞こえ、隊長がドアを開けにいった。

「あ、少年、これこれ」

ジェイさんから渡されたものは、シンプルな服。

「まぁ普通の人間はイストーラの魔術師の制服を知らないだろうけど、役人とかにはバレるかもしれないから、こっちに着替えてくれ」

「ありがとうございますっ」

あ、そっか、この服って敵国の魔術師の制服なんだもんね。そりゃ、まずいよね！　ありがたく、ジェイさんから服を受け取る。

「リオウ、すぐ戻るから着替えておけ。ジェイ今後の予定だが――」

隊長がジェイさんと打ち合わせるために部屋を出ていってくれた隙に、二人がいないうちにと、大急ぎで着替えた。胸を押さえるために着ていた加圧シャツも着替えたいところだけれど、代わりになる下着を持ってきていないので、泣く泣くそのまま着用しておく。

シンプルな服は、白いシャツと黒っぽいズボンに茶色いベストだ。着用方法のわからない、刺繍(ししゅう)の入った幅広の長い布を手に悩んでいると、二人が戻ってきた。

「これはベストのうえからつけるんだ」

隊長はわたしが手に持った布を目敏(めざと)く見つけると取り上げて、ベストの裾を隠すようにそれを巻きつけて留めてくれた。

なんだ、サッシュベルトだったのかこれ。そういえば、隊長たちの服も同じようにサッシュベルトが巻かれているし、町の人たちの服装も必ずサッシュベルトがされてたから、民族衣装的なものなのかもしれない。

「ありがとうございます」

　綺麗な結び目だなぁ、ごつい手なのに器用だ。

「隊長の従者っていうことにするから。あと、これは没収な」

　そう言って見せられたナイフ、それ委員長からの預かり物なんだけどなぁ。でも、危険物は持たせてくれないよね。

「捕虜、じゃなくていいんですか？」

「捕虜だと扱いが面倒ってことになったんだ。お前も、手に縄をかけられて歩きたくないだろ？」

　ジェイさんに言われて、そういうものかと納得したし、確かに縄をかけられたまま町を歩きたくなんてない。

「それに、従者の格好をしていたほうが、イストーラへの目眩ましにもなるだろう」

　そういえばわたし、イストーラの人たちと敵対しちゃったんだっけ、あの派手な魔術師の人に膝蹴り入れちゃったもんなぁ。隊長に言われるまですっかり忘れてた。

　いろいろ考えてくれている二人に、感謝しかない。お礼を言おうとした途端、お腹から空腹を訴える悲痛な叫びが部屋に響いた。

「そういや、晩飯も食ってねぇもんなお前」

　腹の虫のせいで空腹が倍に増した気がして、お腹を抱えるわたしに、ジェイさんが苦笑いして、みんなで一階の食堂へ向かった。

「いただきますっ！」

大き目のスプーンを握り締め、目の前に置かれたできたてのお料理に突撃する。

あぁ！　おいしいっ！　この鶏肉とナッツの炒め物！　野菜たっぷりのスープ！　すこし固いパンだけど、うん、軟弱な顎が強くなっていい！　むはー！　ここの料理超うまーい！

「いい、食べっぷりだなぁ」

ジェイさんの呆れた声に、注目されてるのに気付いてご飯から視線をあげると、隊長とジェイさんの哀れみ混じりの視線がこっちに向いていた。

「昨日、あ、いや、一昨日からまともな食事を取ってなくて、ですね」

というか、この世界にきてはじめて食べたまともな食事！　だって、こっちにきた当日に歩きながら燻製肉はかじったけれど。昨日はテントで寝ていたところを叩き起こされたのも昼過ぎだったし、どうやらこっちでは食事は一日二回らしくて、移動中に食事を食べようとする気配なんて微塵もないから、ご飯食べたいなんて訴える余裕もないし、更に夜は夜で疲れ切って爆睡しちゃったし……。水は飲んでいたとはいえ、よく耐えたねわたしの胃袋。

「おいしい、とってもおいしいです！」

思い出したら余計にお腹がすいてきた！　ひもじかった日々に泣きそうになりながら、再びスプーンを動かす。

「隊長、なんだか、俺、こいつが不憫になってきました」

「これも飲め」

隊長が飲みかけのスープを、そっとわたしの前に移動させてくれた。思わず彼とスープを見比べ、そっと引き寄せる。

「ありがとうございます！」

飲みかけだろうがなんだろうが、大変嬉しいです。もらったスープもすっかり平らげた。

「ご馳走様でした」

今日程ご飯がおいしいと思ったことはありませんよ！　ありがとう食材たち、そしてこれを作ってくれた素晴らしいコックさん！

「見事な食いっぷりだなぁ、さすが成長期の少年」

「あ、はい、とてもおいしくて」

少年ではないけれど、まだ成長期ではあるし。わざわざ女だと訂正しなくても、あとできっと気付いてくれるよね。

食後のお茶を啜りながらほっこりとため息を吐く。この、ぬるめのほうじ茶っぽいのウマーイ。

「のんびりしている時間がない、いくぞ」

「は？　え？　もう？」

目を白黒させているあいだに、隊長は席を立つ。そしてわたしはまた馬に乗ることになった、今日も隊長のうしろだ。

「よろしくお願いします」

お尻へのダメージと、筋肉痛を覚悟した。

第二章　従者（偽）

便宜上、隊長の従者となったわたしは、ジェイさんから従者の仕事について、教えてもらうことになった。

日が落ちる前に宿につくと、自分のことは二の次で、足を洗うための足桶(あしおけ)を用意したり、上着の埃(ほこり)を払ったりするわけです。そりゃブーツなんて履いてれば蒸れるよね、足の清潔大事！

従者ってなにをするのかよくわかってなかったけど、とにかくご主人様の身の回りのお世話を甲斐(かい)甲斐(がい)しくやってればいいみたいなんだよね。執事とは違うのかな？

そして、従者（偽装）に就任してしまったがために、またわたしと隊長が同室で、ジェイさんは別の部屋ということになってしまった。従者はいつでも主人の用事を受けられるように、側(そば)にいなければならないそうだ。本当かよ！　と思わずツッコミそうになってしまう。

わたしのイメージだと、ご主人様はひとり部屋でくつろぐものだと思うんだけど。こっちの常識が違うっぽいので、グッと黙っておく。

ジェイさん曰(いわ)く。偽装であることが怪しまれないように、従者に見えるように行動せよと。

「捕虜として目を離せない、というのもあるからな」

なるほど、それはとても納得できますね。隊長の言葉が耳に痛い。

ジェイさんは町に用事があるとのことで、わたしたちの部屋に荷物を預けて町へ出てしまい、宿にはわたしと隊長だけ。

その彼も、仕事なのか、狭い部屋にひとつだけある机に向かい、なにやら書き物をしている。

手持ち無沙汰にベッドに腰掛けているけれど、さっきからお腹がキュウキュウ鳴いて止まらない。

だって、一日二食はとってもつらいんだよ！　確かに、こっちにきてから、凄くお腹がすくようになった気がするけれど。一日中乗馬とかしてれば当然だよね。

キュウウウウ、と一際物寂しい悲鳴をあげたお腹を押さえて、パタリとベッドに倒れ込み、顔をシーツに埋める。

「お腹、すいたぁ……」

呟いたところで空腹は満たされないけれど、くぐもったうめき声は隊長に届いたらしい。

「飯にするぞ」

「はいっ！」

ため息のあとに宣言された隊長の言葉に、ガバッと起き上がる。

部屋を出る彼にくっついて一階にある食堂へと向かう。こういう宿は、大体同じような作りになっているらしい。一階が宿の受け付けと食堂、二階以上が宿泊施設になっている。

そして、ご飯がとてもおいしくてボリュームがあるところも共通で、とてもしあわせです。

「腹がすいたのなら、早く言えばいいだろう」

食事が出てくるのを、丸テーブルについてワクワクしながら待っていると、正面に座る彼が呆れたような声で呟いた。

「だって、そんな勝手なこと、できないですし」

「随分、殊勝なことだな。お前たち魔術師は、傲岸不遜が売りではないのか」

まだ早い時間のせいかあまり人はいないけれど、周囲に聞こえないように低いちいさな声で言う彼の言葉で、魔術師というのが傲慢で不遜なものなんだと知る。そういえば、あの創作ダンスをしていた魔術師は、傲慢そうだったな。

「そう、なんですか？　あ、いえ、そうでしたね」

テーブルのうえに視線を落としながらちいさな声で答えたが、ご飯がくるのが待ち遠しくて、正直言って上の空だ。ソワソワと厨房のほうを見るわたしに、彼がため息を吐くのが聞こえた。

「お前は、まるでらしくないな」

「今日のご飯はなんでしょうね」

同時に喋ってしまい、顔を見合わせる。

「品書きなら、そこに貼ってある」

そう言って、わたしのうしろの壁をしめしたのでそっちを見ると、木の板に書かれたメニューがぶら下がっていた。

「モス肉、の、煮る、煮た？　野菜入り、スープと、こんさ、根菜、のサラダ」

委員長の暗号文字は、まだスラスラ読めないので、たどたどしく読み上げた。

「そうだ、モス肉の野菜煮込みスープと、根菜サラダだ」

おお、ちゃんと読めてた！　嬉(うれ)しくなって、正面に座る彼を見上げると、彼の口元が僅(わず)かに緩んでいて、すこし優しい顔になっていた。なんだか嬉しくなる。

「楽しみですね、こっちのご飯はとてもおいしくて。凄(すご)くしあわせです」

「あら、嬉しいこと言ってくれるわね！　はい、お待ちどおさま。本日の定食よ」

恰幅(かっぷく)のいい給仕のお姉さんが、わたしと隊長の前にトレーに載った定食を置いていく。

ほかほか湯気を立てているビーフシチューのような色合いのスープに、ポテトサラダ、そして切ったパンがついていた。大変ボリューミーです！　素敵っ！

「わぁっ！　いただきますっ！」

スープのお肉の程よい弾力がいい！　箸休(はしやす)めのポテサラも味が薄めで食べやすい、お代わりできないかな、いやいや、さすがにそれは駄目だ。

器についたスープをパンで拭(ぬぐ)って綺麗(きれい)に食べ尽くす。

「ご馳走様(ちそうさま)でしたぁ」

一心不乱にご飯を食べて、やっとお腹が落ち着いた。まだ若干(じゃっかん)の余裕があるから、本当はデザートがあれば最高なんだけどなー。

周囲を見れば、どうやらお茶はセルフサービスで、カウンターにコップと無骨なポットが置いてあるのを発見した。

「お茶、もらってきますねっ」

「ああ」

まだ食事中の彼に断ってから、自分の食器をさげて、ついでにお茶を二つもらってくる。ここでも程よくぬるいほうじ茶だった。

零さないように注意しながら席に戻ると、ジェイさんが増えていた。

「あ、ジェイさん、お帰りなさい。はい、隊長、お茶をどうぞ」

「ん」

ひとつを隊長に渡して、もうひとつをジェイさんに渡そうとしたら、食後にもらうからいいと言われたので、そのまま自分の席について、お茶を飲んだ。

ふはぁ！　やっぱ、ご飯のあとはお茶だよね。

「ちゃんと仕事してるようだな、感心、感心」

右隣に座るジェイさんに頭を撫でられた。子供扱いがくすぐったい。わたしには弟しかいないけれど、兄がいたらこんな感じだろうか？

くすぐったさに首を竦める。

「あれ？　お前、飯はどうした？　まだなのか？」

「もう食べ終わりました。モス肉のスープ、凄くおいしかったです！」

歯ごたえのあるお肉の旨味を思い出しながら力説すると、給仕のお姉さんがクスクス笑いながらジェイさんの前にトレーを置いた。

「あれ……？　違う……」

分厚いステーキ肉がゴロゴロ載ったそのプレートに、視線が釘付けになる。モス肉のスープの代わりにステーキがついて、サラダもこんもり、パンも山盛り。なんだそれ、凄くおいしそう。いや、もちろんモス肉のスープもおいしかったんだけど！

ジェイさんのご飯を見ながら、お茶を啜っていると、抑えた笑い声が聞こえた。

「ほら、欠食児、一切れやるよ」

ジェイさんにフォークに刺したお肉を差し出され、一瞬躊躇したものの、お肉の厚さに勝手に口が開いてしまった。問答無用で、口に突っ込まれる。

あぁぁぁ！　甘辛いソースが、激ウマー！　スープの歯ごたえのあるお肉もいいけど、この柔らかなお肉も最高にいいっ！

じっくりじっくり、味わって咀嚼する。ほっぺが落ちそうです、最高においしいのです！　この世界のご飯って、どうしてこんなにおいしいの！

「しあわせそうだなぁ」

ジェイさんがしみじみ言ったので、力強く頷いておく。

「最高においしかったです。ずっと、噛んでいたいくら――むぐっ」

喋ってる口に、パンを突っ込むのはどうかと思います、隊長！　でもパンはおいしくいただかせてもらいますとも。お肉の味の残る口で食べるパンも、とてもおいしいです。

「ご馳走様でしたぁ」

微妙に物足りなかったお腹が、丁度いい感じで膨れた。ああ、しあわせ。

隊長もご飯が終わったようなので、トレーをさげて、ついでにジェイさんの分のお茶をもらってくると、ジェイさんと隊長がこそこそとなにか話をしていた。仕事の話なんだろうけど、近づいていいのかな？

「お、悪いな、ありがとうよ」

躊躇(ためら)ってるのに気付いてくれたジェイさんに手招きされて、ホッとして席に戻る。

「あの、わたし、先に部屋に戻りましょうか？」

やっぱり邪魔だろうと腰をあげかけたわたしの手を、ジェイさんに掴(つか)まれて引き留められ、代わりに隊長が用ができたからと席を立つ。

「そういうわけだから、すこし俺に付き合ってくれ。飯、終わるまででいいからさ」

まだ食事中のジェイさんにウィンクつきでお願いされて、それなら仕方ないかと座り直した。

「そういえば、名前、聞いてなかったな。俺はジェイ、お前は？」

「如月良子(きさらぎりょうこ)です。あ、リオウです」

「了解、リオウな」

ジェイさんがひょいっとわたしの片手を掴み、その手のひらをうえに向ける。

「お前、貴族かなにかの子供なんだろ？　こんな綺麗な手ぇして」

ぎゅっぎゅと、ごつい親指で手のひらを擦(こす)られる。それだけで赤くなる手のひらが、なんだか恥ずかしい。

「貴族じゃないです」

「ふーん？　でも、仕事してる手じゃねぇよ。マメも無ぇアカギレも無ぇ、苦労知らずの綺麗な手だ」

手を離して、食事に戻る。でも、本当に、貴族なんかじゃないんだよ、ただの高校生なんだよ。

兼業主婦な母さんが忙しいときは料理の手伝いとかするけど、掃除だって基本、掃除機をがーがーかけるくらいだし、洗濯だって突っ込んでボタンを押せば乾燥までやってくれる。現代の生活じゃ、マメやアカギレなんて滅多にできないんだよ。

でもそんな言い訳をするには、わたしがどこからきたのか言わなきゃならないわけで、説明して納得してもらえる自信がない。故に、説明できずに口を噤んだ。

「ああもう、しけた顔すんなよ。お前が頑張ってるのは評価してんだぜ？　無茶な行軍なのに、泣き言ひとつ言わねぇだろ。乗馬の経験もろくにないくせに。体、つらいだろ？」

がしがしと頭を撫でながら、いたわるように聞かれて、思わず首を横に振った。

「痛くはなりますけど、魔法で治してるので大丈夫です」

「そうか、魔法で……。おい、ちょっと待て」

待てと言われたので待ちますが、ジェイさんは食事の手を止めて、片手でこめかみを揉みながら目を瞑っている。頭痛でもするんだろうか？

「頭、痛いんですか？　痛みを取る魔法……あ、でももし悪い病気だったら、痛み止めでやり過ごすのはまずいのかな」

「ちょっと、黙れ、な？」

ギロリと睨まれて、キュッと口を閉じる。怖かった、ちょっと怖かった。

「俺が飯食い終わるまで、沈黙しとけ。食い終わったら、うえにいくぞ」

口を噤んで、うんうんと頷いて、彼が食べ終わるのを待って、追い立てられるように隊長とわたしの部屋に戻った。

「どうした、なにかあったのか」

薄暗い部屋で書き物をしていた隊長が振り向き、ジェイさんを見て目を眇める。

「隊長、コイツの魔法、見たことありますか？」

あれ？　そういえば、二人の前で魔法使ったことなかったっけ？　ないかも？

「ないな。リオウ、なにか魔法を使ってみろ」

椅子をこちらに向けて腕組みをする隊長に命令され、腹を括って操駆する。いつかそう言われると思ってたし！　逃げ切れるとは思わないし、なによりさっさとばらしたほうが気持ちが楽だよね。

「〝着火〟」

指先に点った灯りを二人が確認してから、フッと息を吹きかけて消した。

「こんなのでいいですか？」

他にも霧吹きの水を出したり、ちいさな灯りを出したりと、危なくないようにちいさい魔法を数個やって見せると、二人は重苦しいため息を吐いた。

「いや、わかった。リオウ、お前、実はイストーラの高位魔術師だったのか」

「違いますけど？」

苦り切った隊長の言葉に首を横に振る。そもそもイストーラの人間ですらないです。

「威力がちいさいから、高位ではないのか。だとしても、その短すぎる操駆は特異だろう」

威力は弱くしてるだけだけど、まぁいいか。

「だからこそ、亡命したのか？」

え、亡命？

「いや、口にしなくていい、それをしてしまえばいろいろ障りがある。お前はイフェストニアを選んだ、それでいい。私の従者でいろ」

隊長がなにか勝手に納得してくれてるけど、いいの？　いいのかな？

「ただし、魔術師であることは口外するな」

「駄目なんですか？」

折角魔法が使えるのに、使えないなんてもったいないなぁ。なんていうのが顔に出ていたんだろう、ジェイさんに頭を小突かれた。

「イストーラと違って、うちの国には魔術師が少ないんだ。魔術師であれば、従者はできないな」

「だが、お前が魔術師として生きるのはすすめない。さすがに、向こうに察知されるだろう。だが、一介の従者であれば、誤魔化すことができる」

「平民になるのは無理だぞ？　魔法が使える他国の人間を、手綱なしに在野に置いておくことはできないからな？」

従者になることは決定事項だけど、なるほど、普通に町で生活するのも駄目なのか。

「わかりました」

と答えるしかないよね。まぁ、委員長が迎えにきてくれるまでだし。それまでは、頑張って従者をしよう。

「私に万が一があれば、お前のことはジェイに託すから、安心しろ」

「え？　万が一？」

万が一ってなんのことだろうと彼を見れば、皮肉げに口元を歪(ゆが)められた。

「軍務についているのでな、なにがあるかわからん。万が一、私が死んだときは、お前はジェイのもとにつけ」

「隊長……万が一って、死ぬ、ってこと？」

死ぬ？　その怖い言葉に、一気に血がさがって手の先が冷たくなった。

思わず零(こぼ)れた言葉に、彼の目が大きく開かれ、驚いたのがわかる。

「私は簡単に死ぬ程、弱くはない」

「じゃぁ、死なない？」

冷たくなった手を握り締め、座る彼を見つめれば。戸惑うように彼の藍色(あいいろ)の目が揺れた。

今朝見た、隊長の上半身の傷跡を思い出し、グッと胸が詰まる。大きな傷跡もたくさんあった、きっと死にかけるような怪我(けが)だったんだろうな。なんて考えたら、目から勝手に涙があふれてきた。

「し……死なない、って、言ってくださいぃぃっ」

両手を握り締め、ギュッと奥歯を噛みしめて、隊長を睨むように見る。

彼はため息を吐き、それから、ジェイさんに部屋から出るように命令した。

二人きりになった狭い部屋で、彼は握り締めたわたしの両方の拳をそれぞれ、大きな手で包んだ。

「冷たいな」

「隊長、約束、してください……っ」

もう意地になってしまってる自覚はあるけれど、どうしても、引けなかった。言質が欲しかった。

「約束は、できんな」

無情な言葉に、涙がボロボロと零れ落ちる。

「い、意地悪だ。な、んでっ」

「泣く程案じてくれる人間に、うそは言えないからな」

強い力に抱きしめられた。涙が、彼の服に吸い込まれる。頭が撫でられ、宥めるように背中をさすられた。

「隊長の、意地悪ぅぅぅ……っ」

「意地悪で結構だ」

そう言うくせに、声が凄く優しいのはなんでなのっ。彼の逞しい体に腕を回し、ぎゅうぎゅうとしがみつき、彼の胸に顔を押し当てて呼吸して、硬直した。

「くさい」

彼の逞しい胸に手をついて、体を離す。

「この服、いつから洗ってないんですかっ」

涙が止まった目が据わるのを自覚しながら、彼を見上げる。駄目だ、これは駄目なヤツだ、なによりも優先しなきゃいけない案件だ。

「まだ五日くらいだぞ」

「五日！　他にも着替え、あるんですよね？　着替えてください！　いま、洗ってきますっ」

わたし、よくこの背中にしがみついて馬に乗ってたな！　馬上だと空気の流れが激しいし、気にする暇もなかったせいかな。

強引に隊長の服を脱がしにかかれば、隊長も素直に脱がされてくれた。

バッキバキに割れた腹筋に、贅肉もなくみっちりとついた筋肉、そして縦横無尽に走る傷跡。

脇腹に走る一番深そうな傷跡を、指で辿る。

「……隊長、これ、痛かったですか？」

「ああ。そうだな」

静かな彼の答えに、泣きそうになったけれど。グッと我慢して、汗と埃で臭い服を抱える。

「他に洗うものありますか」

「そこの荷物がそうだ」

旅行バッグくらいの大きさの袋を開けると、そこに丸めた衣類が……。

「うぐっ！」

思わずうめいて、急いで袋の口を閉めた。ヤバイ、発酵してるんじゃないのか、これ。

「道中、洗う暇などないからな、向こうにつくまで放置する予定だ」

「……着替え、あるんですよね？」

「これが最後だ」

そう言って指さされたのは、わたしの手の中の、脱ぎたての生暖かい服。

「ちなみに、目的地まであと何日くらいなんですか」

「三日といったところか」

三日を、この汗臭い服で……？　無理！　むりむりむりっ！　この汗臭い服に引っ付いて馬に乗るんだよわたし！

「洗ってきます。隊長はシーツでもかぶっていてください！」

隊長の返事なんか聞かずに、服と、服の入っている袋を抱えて部屋を飛び出した。

宿を取るときに受け付けをしてくれたおかみさんに、タライと洗い場を借りることができた。

「もう暗いけど、大丈夫かい？」

「はい。こんな時間に申し訳ありません、ありがたくお借りします」

真面目(まじめ)な顔で頭をさげる。

「まぁまぁ、これはご丁寧に」

おかみさんは笑いながら宿に戻っていった。

洗い場の場所は宿の裏手にある用水路。生活用水が流れている場所で、そこから水を汲んで洗い物をして、洗った水は用水に流さずに庭に流す。

借りたタライに水を汲み、とりあえず洗濯物を半分放り込む。

おかみさんが石鹸を貸してくれたが、ちょっと考えがあったので、石鹸は端っこに置いておく。

タライの水に洗濯物が十分浸かるように押し込み、周囲に誰もいないのをしっかり確認してから、操駆をして、手をその水の中に突っ込む。

「〝イオンの力で汚れをスッキリ分解〟綺麗になぁれ、綺麗になぁれ～」

小声で言って、じゃぼじゃぼと洗濯物を掻き混ぜる。

イメージは、洗濯洗剤のＣＭだけど、洗濯中の泡はイメージせずに、繊維の奥の汚れを浮かせて取るあの画像をイメージした。

予想が当たれば……。ひとしきり混ぜてから、一枚のシャツを持ち上げる。

「よしっ」

夜目なので、はっきりとはわからないけれど、襟や脇の汗染みはなくなってるようだ。

洗剤なんか目じゃないくらいの汚れ落ちですよ！　ぎゅうぎゅうと洗濯物を絞って、もう一個のタライの中に入れていく。

そして、一応一回水を捨てて新しい水を汲んでから、残りの洗濯物を投入！

「〝イオンで分解〟」

さっきと言葉が違うけど、ようは、イメージさえしっかりしてれば大丈夫なはずなのよ。

だから、ほらね？　また大成功！　隅々まで綺麗になった洗濯物を絞って、更にもう一回タライに水を汲む。

そうして、今度は、全部の洗濯物を無理矢理タライに突っ込む。

「〝柔軟仕上げで抗菌コート〟」

柔軟剤をイメージです！　もちろん香りも！　香りは、スッキリさわやかなハーブミントで！

じゃぼじゃぼタライを掻き回し、隅々まで行き渡るように頑張る。

ぎゅうぎゅう絞って、できあがり！　絞ったシャツを開き、顔を寄せて匂いを確認してみる。

あぁ、思ったとおりのいい匂い。

「なにをしているんだ」

呆れたような声に、びっくりして顔をあげると、裏の戸口に上半身裸の隊長が、カンテラを手に戸口にもたれていた。

うわぁ、いつからいたんだ、この人。

「えぇと、洗濯です！　綺麗になりました」

「洗濯という割には、随分と早いな」

ぎゅうぎゅうと絞っているところへ、隊長がやってくる。

「服、着なくて寒くないですか？」

「追い剥ぎに奪われて、着るものがなくてな」

「ごめんなさい……」

犯人はわたししか。肩を落として謝ると、彼が近づいてきて傍らにカンテラを置き、タライの中の洗濯物を絞るのを手伝ってくれた。

力があるから、かなりしっかりと絞ってくれる。わたしが絞ったあとの衣類も、彼が絞ればまだまだ水が落ちた。

「ありがとうございました」

「部屋に戻るぞ」

わたしにカンテラを渡して、自分は洗濯物の入ったタライまで持ってくれる。よかった、濡れた衣類って重いから、何回かに分けて持っていこうと思ってたんだ。

部屋に帰りがけに、タライのひとつをおかみさんに返す。

「もうひとつはあとでお返しします」

「明日の朝でいいよ。お疲れさん、男の子だと洗濯も早いねぇ」

なんて言われてしまったが、本当は魔法を使ったので、ウソをついているような後ろめたさで曖昧に笑顔を返して、先をいく隊長のあとに続いた。

部屋に戻り、カンテラを机に置いてから、濡れた衣類を受け取る。

「ありがとうございました」

「で、これはどうする。明日の朝までになど乾かないだろう」

タライの洗濯物を、隊長がひとつつまみ上げる。確かに部屋干しだと翌朝までに乾きそうもないし、干す場所もないし。

でもそれは想定内ですよ！　わたしには、魔法という素敵パワーがあるのです！

「大丈夫です、なんとかします！」

洗濯物を一枚取り上げ、両手でその洗濯物を広げてよく見てイメージする。

そうして、胸に手を当ててからその手を握りこむ。

「〝乾燥（ドライ）&プレス〟」

ドライでザッと音を立てて水分が飛んで、プレスで皺（しわ）がなくなった。その服を、ベッドのうえで丁寧に畳む。

「どうです？　バッチリでしょう」

畳んだシャツを隊長に渡すと、隊長が呆然（ぼうぜん）としていた。

「……魔法は使うなと、言っただろう」

「あっ！　で、でも、二人きりのときも駄目ですか？　隊長とジェイさんの前以外では絶対に使いませんから」

お願いします！　と、心からお願いした。

「もしかして、洗濯にも魔法を使っていたのか？」

確認するように問われて、怒られるのを覚悟で頷いたらため息を吐かれた。なんだか、今日一日でたくさん隊長のため息を聞いた気がする。

「洗濯程度のことに魔法を使うなど、聞いたこともない」

片手で顔を覆（おお）っていた彼だが、ちいさく肩を震わせたかと思うと、笑い出した。

「隊長？」

「魔法には、こういう使い方もあるんだな」

わたしのほうを見ずにそう呟いた隊長の顔には、なんともいえない寂しそうな苦笑が浮かんでいた。

物憂げ、そんな言葉が当てはまりそうなようすに、胸が痛くなる。もしかして、魔法絡みで、昔なにかつらい目にあったんだろうか。

「いいだろう、人のいない場所と、私が認めた者の前でならば、魔法の使用を許可する」

「本当ですか！　ありがとうございます！」

了解を得て嬉しくなり、早速タライの中の衣類を乾かしてゆく。畳み終わった洗濯物は魔法で除菌消臭した袋の中に入れる。

これで隊長の服と、実は一緒に混ざっていたらしいジェイさんの服は綺麗になったけど、わたしの服も洗濯したいなぁ。

もと着ていた服は、後々厄介の種になりそうだということで、焼却処分されたので、いま着ている一着しかない。

汗と埃でコテコテの服、絶対に洗いたい！　髪の毛もゴアゴアだし、お風呂に入りたい。お風呂の概念が薄くて、旅人は精々濡れタオルで体を拭くぐらいだということを聞いたとき、がっくりきちゃいましたよ。

しかしです、それに準じるなんて女子高生ではありえません。魔法を使う許可も取ったので、遠慮もしませんよ。

「隊長、わたしも服、洗濯してもいいですか？」

「ああ、かまわんが……」

ジェイさんが持ってきてくれていた自分の袋を開けて、中から撥水力のあるごわごわした布を取り出して床に広げて、そのうえにタライを置く。そして、操駆を行い、タライのうえに手を掲げ。

「〝お湯、設定温度三九度〟」

適温のお湯がタライに溜まる。手をつけると、んふ～、丁度いい温度です。

「本当に、規格外だな」

呆れたような隊長の声に、ちょっと優越感が湧く。もっといろいろ見せたいところだけれど、もうすっかり暗いので、さっさと終わらせて眠るのを優先します。室内にはランプの灯りだけだから、余計に眠気を誘われるし。

「ちょっと、カーテンで閉めますね」

「カーテン？」

「この服、洗ったりとかしたいので。ええと、あ、これならいいかも」

隊長の返事は聞かないで、布を床に置いて操駆し、机の端に飛び出していた木の棘で指先を傷つけてその手を布に当てる。

「〝カーテン〟」

とは名ばかりです。イメージしたのはもっと大げさで、隊長のベッドからこっち側全体を覆いこむ感じで、足元までもカバーして、ベッドにも水が飛ばないように覆った。

手を布につけたまま、靴を脱いで素足で布に触れておく。まかり間違って接点がなくなったら、一遍にもとに戻ってしまうので要注意！　どうやって天井から釣り下がっているのかとかは、よくわからないが、まぁヨシ。

体が布から離れないように注意しながら急いで服を脱ぐが、ぴったりとした加圧シャツがとても脱ぎにくい！　そして、脱いだときの開放感が凄かった。

脱いだ服をすべてタライの中に入れて、魔法を使って手早く洗濯する。そして、汚れた水は気化させてなくしてしまう。

もう一度タライにお湯を汲もうと考えて思い直し、空のタライの中に片足だけ入る。そして、操駆して、汚れ成分がお湯に流れ落ちるのをイメージした。

「〝全身洗浄〟」

ザァッ

「う、わぁっ……」

お湯ごとイメージしちゃったから、頭から、ずぶ濡れ……。

あーぁ、お湯もタライからあふれちゃったし。防水力を強化してある布を敷き込んでなかったら、下から苦情くるところだったよ。

「どうした！」

大急ぎで、魔法で水を気化しているところに、カーテンの端から隊長が入ってきた。

「な、な、なっ！」

言語中枢がパニクッたけれど、咄嗟に乙女回路の判断で胸を隠して隊長を凝視。隊長は、冷静なようすでわたしを一瞥すると、カーテンの向こうに戻っていった。

「た、た、隊長のえっちー！」

ランプの灯りしかないって言っても見えるでしょ！　見えたでしょう！　もうっ！　もうっ！

大急ぎでシャツとパンツを身につけ、ベストを羽織った。加圧シャツは明日の朝着る！

——って、あれ、ちょっと待ってよ？

「た、隊長？　あの、わたしが男じゃないってこと、驚かないんですね？」

「あれだけ密着していて、わからぬわけがないだろう。ジェイはまだ気付いていないようだから、バレぬように、言葉遣いと距離感に気をつけろ。それよりも、終わったのなら早く片付けてしまえ」

「は、はいっ」

カーテン越しに恐る恐る尋ねると、あっけらかんとした答えが返ってきた。そ、そうか、馬に乗るとき、振り落とされるのが怖くて、必死にしがみついていたから？

片付けを急かされて、水気を全部気化させたことを確認してから、タライのうえに乗った。わたしと接点がなくなった布がもとの大きさに戻ったので、それを畳んで袋に詰める。タライはベッドの下のスペースにしまっておいて、明日の朝返しにいこう。

敢えて隊長を意識しないようにしながら、テキパキと動いていたのに、彼に手首を掴まれた。

「血を媒介に、物質を変化させる魔法か」

「え、あ、いだだだっ」

すでに出血は止まっている指先を、彼の指先にグッと押されて、咄嗟に声が出てしまった。

「馬鹿が。この魔法は、もう使うな」

逃げようとしたのに、腰に腕が回されて強引に引き寄せられる。

「別に、ちょっと傷つけるくらい、いいじゃないですか」

もう血も止まってるし、触るとほんのちょっと痛いだけ。ぷっくりと血が浮く程度しか傷つけなかったもの。

「わかった。その代わり、傷は私が舐めて治す」

「は？　えっ？」

パクリと指先が咥えられ、ねっとりと舐められた。舐めて治すったって、もう血は止まってる！

声にならない悲鳴をあげども、彼が離れることはなくて。

「も、もうこの魔法は使いませんからっ！」

そう宣言して、やっと解放された。

なんという、強引さ！　頭をクラクラさせつつベッドに入ると、今日も許容量オーバーの出来事が満載だった影響で、すこんと眠りに落ちた。

◆・◇・◆

それから三日、予定どおり目的地にたどり着くことができた。

そのあいだに、無知を呆れられながらも、この国の常識を教えてもらった。そしてわかったことは、私のように髪が短い女性は凄く珍しくて、女性は髪の長さとつややかさも美醜に関わるらしい。だからジェイさんが、一向にわたしが女だと気付かないのかもしれない。

毎朝、隊長に血の盟約をしなきゃならないのは、なんていうか……。血を舐めれば一度で済むなら、血を舐めて欲しいんだけど。いつもその願いは却下される。

血を媒介に物質を変化させるのを見られたせいかもしれない、変なトラウマになったんだろうか？

あーあ、あの日、傷口の血が止まってなければ、血で血の盟約ができたのに。

そして旅のあいだに、とにかく生活に役立つ魔法を考えてました！　快適空調とか、紫外線対策の魔法とかね。結局のところ、大事なのはそこだよね。生活、とても大事。

残念なのは、おおっぴらに魔法を使えないこと。堂々と魔法を使ってもいいなら、ものすごく便利な生活になるのになぁ。誰にもバレないようにこっそりなら、使っても大丈夫かなぁ。

二階建て以上の建物って、こっちにきてからはじめて見た！　活気のある大きな町に、なんだかワクワクする。

町の中は人が多いんだけれど、ちゃんと馬用の道路が整備されているので、馬に乗ったままで町を通っていける。

「大きな町ですね」

「まぁ、王都だしなぁ」

感嘆の声を漏らしたら、併走するジェイさんがこともなげに言った。

これが王都ですか！　そしたら、目の前にそびえるお城に王様がいるんですね？　で、着々とそのお城に近づいていている気がするのですが。……もしかして、目的地はそこなんでしょうか？

目的地がお城だなんて思わないよね普通。

ちょこーん、と、部屋に置いてあったイスに、ちいさくなって座っております。

この部屋には、わたし以外誰もいない。隊長とジェイさんは報告があるからって、わたしをとりあえずここに置いていってしまった。一人で放っておいても、いいの？　従者だけど、一応捕虜的ななにかだよね？

待ってろって言われて、すでに体感で一時間は経ってるんだけど、もしかしてわたし、忘れ去られているのではないのでしょうか？　いや、まさかね。

それにしても、お腹すいたなぁ、窓から入る夕日が目に染みるわぁ。昨日の宿で食べた、トマトと鶏肉の煮込み料理と、ポテトグラタンとポタージュスープが恋しすぎる。

あぁ、ご飯のことを考えていたら、ご飯の匂いまで再現されてきた。……いや、違う！　本当にご飯の匂いがするっ。

ふらふらとドアを開け、その隙間からするりと出て、匂いを追って廊下を進む。

途中人とすれ違ったけど、誰も咎めないから、このままいけるところまでいっちゃおう。

そしてたどり着いたのは厨房でした！　厨房のドアの隙間から、中のようすを覗く。

あぁ、あの大きな寸胴でスープを作ってるのかなぁ、なんのスープなんだろう？　あの大量のお芋は……茹でてマッシュポテトにするのかな？　あ、違った、ポテトコロッケかぁ、揚げたて凄くおいしそう。メインはやっぱりお肉？　ローストして大量に切り分けてる。あ、あっちの鍋でソース？

レモン色してるけど、どんな味なんだろう。

「ヨダレ出てるぞ、坊主」

「え、あ、本当だ」

頭上から声がして、慌てて口元を拭う。本当にヨダレが出てた、でも仕方ないよね、すっごくいい匂いだし。お腹と背中がくっつきそうなんだもん。

「わっはっは！　いい匂いだろう！　城自慢の食堂だからな！」

おじさん声大きいね、覗いてるのバレちゃうよ。注意しようと、振り返って見上げたのはごつくて厳つくて筋肉むっきむき、壁のような大男。見るからに一般人じゃありません的な傷が頬とか腕にあるし。隊長よりもひとまわりは大きいんじゃないのかな。

そんなことよりも、とても大事な単語がありましたよね。

「食堂？　ここ、食堂ですか？」

思わず、大男に詰め寄ると。すこし驚いたような間のあとに、ニカッといい笑顔をくれた。

「おう、こっちは厨房の裏だから、食堂は向こう側だがな。もうそろそろ飯どきだ、坊主も飯食いにきたんだろう？　安くて大盛りだぞ」

「お金、持ってないぃ……っ」

一円も！　一円も持ってないよ！　思わず膝から崩れ落ち、項垂れる。折角の食堂なのに、指を咥えて見てることしかできないなんて。

あまりにも悲しくなって鼻の奥がツーンとしたとき、大きな手が乱暴に頭を撫でてきた。

「お前、誰かの従者なんだろう？　ワシが立て替えておいてやろう、あとでお前の主人から徴収しておくから。ほら、いくぞ」

背中を押されて連れていかれたのは、食堂の入り口だった。まるで講堂のように広い食堂は、質実剛健な長テーブルとイスがいくつも置かれ、すでに何人か食事をしている。

本当にいいのかな？　あとで隊長に怒られる気もするけど、大丈夫かな。だけど、この大男さんから逃げるのも無理そうだし、よし、ここは腹を括って食堂のご飯を堪能しよう！

大男さんに続いて厨房のカウンターに並び、食事の載ったトレーをワクワクしながら受け取る。そして、二人で入り口の脇のテーブルに陣取った。

「うわぁ、いただきますっ」

肉体労働仕様の大盛りご飯を前に、待てなんてできるわけがない。ナイフとフォークを持って、食事に挑む。

あぁぁぁ！　おいしいっ！　なんだろうこのスープ！　酸味があって深いコクが……後味もさっぱりしていておいしいっ、いくらでも食べられそう。このお肉にかかってるレモン色のソース、色に反して酸味はなくて、辛い！　この辛さが食欲をそそる。このポテトコロッケは日本で食べるのと同じだけど、やっぱりおいしいっ！

「いい食いっぷりだ」

大男さんも、同じ勢いで食べてる。

「おいしいですっ！」

「おう、ウマいな」

うんうん頷いて、ひたすら食べる。

お皿についていたソースも、パンで拭って綺麗に食べました。あの量を食べ切っちゃった、こっちにきてから、はじめてお腹いっぱいになったかも。

「ご馳走様でした」

両手を合わせて頭をさげて、大男さんと二人分のトレーを片付けて、食後のお茶を持ってくる。

「どうぞ」

「おっ！　すまねぇな」

席に戻り、お茶を一口啜ってやっと人心地ついた。

「あ、そういえば、ご飯のお金を立て替えていただいて、ありがとうございました。あとで必ずお支払いしますから、お名前を教えていただいてもよろしいでしょうか」

気を取り直して、丁寧に頭をさげて名前を聞くと、彼の太い眉が愉快そうにひょいとあがり、それから人好きのする笑顔になった。

「気にすんなって、ここにいりゃ、お前の主人もくるだろうしよ。そういや、お前の主人って誰なんだ？　この城の奴なんだろ？」

聞かれてすこし首を傾げる。そういえば、隊長ってこの城の人なんだろうか？　この国の人ってことは間違いないし、隊長っていうくらいだし。

「すみません、わたし、従者になってまだ数日のひよっこで、詳しいことはわからないのですが。多分、こちらに勤めてるのだと思います」

「はぁ？　お前、本当に従者か？　自分の主の勤め先も知らねぇって」

心底呆れたようすに、萎縮してしまう。いやそれも仕方ないのは理解できる、だって、主の勤め先を知らない従者なんておかしいもんね。

「ご、ご主人様には、旅先で拾っていただいたので」

「拾う？　従者にするような人間を拾うだと？　一応聞くが、お前、主人の名前は知ってるんだろうな？」

ドスの利いた声で聞かれ、恐怖を感じながらもコクコクと頷く。

「はい、隊長……じゃなくてディー、ええと、でゅしゅれい様、です」

「デュシュレイ？　あのデュシュレイ・アルザックか？　ああ、いや、間違いないようだな」

彼が苦笑いした途端、脳天にずしんと衝撃が走り、頭を抱える。な、なに？　一体、なにがっ。

「喋りすぎだリオウ」

「た、隊長！」

拳骨の主は隊長だった。あ、ジェイさんも一緒だ。

「どこにいったかと思ったじぇねぇか、探したんだぞ。ちゃんと、部屋で待っとけよなぁ」

ジェイさんにこめかみをぐりぐりと揉まれる。

「ご、ごめんなさい～」

だって遅いんだもん！　お腹がすいたんだもん！　ひもじくて泣きそうだったんだもん！

……などと、わたしが胸のうちで訴えているあいだに、隊長と大男さんの挨拶が済んだようだ。

というか、知り合い同士だったみたい。イスからおりて隊長の側に寄る。

「どうした？」

「あのですね、ここのご飯のお金、こちらの方に立て替えていただいたのですが……」

だから、払ってくださいね？　という意味を込めて、隊長の目をじっと見上げる。

隊長は深いため息を吐いてから、財布からお金を取り出して、大男さんに払ってくれた。ううっ、ごめんなさい、どうしてもお腹がすいたんだもん。

「申し訳ありませんでした、ウチの者が」

「お前が、今更従者を連れるとは思わなかったな」

大男さんがニヤリと笑い、チラリとわたしを見る。

「まだまだ未熟で、とても人前には出せませんので。どうぞ、内密に願えますか、コーディ将軍」

隊長の言葉に震え上がる。将軍！　将軍というと、軍隊の中のとっても偉い人でしょ？　どうりで、大きくて威風堂々としてると思いましたぁっ。

気さくな方だったから、ご飯まで一緒に食べちゃったけれど、そんなお偉いさんなら、できればお知り合いになりたくなかったな。静かに平和に、従者をしながら委員長を待ちたいのに。

コーディ将軍の役職に尻込みしたわたしは、こっそりと隊長のうしろのほうへ移動する。

「まぁ、いいんじゃねぇか、従者。で、おめぇの名前はなんて言うんだ？」

隠れたわたしを追いかけるように、ひょいっと覗き込んでくる。

隊長のメンツもあるから、ちゃんと対応しなきゃ駄目だよね。逃げるのは諦めて、隊長の陰から出て挨拶する。

「リオウと申します。どうぞよろしくお願いいたします」

きちんと頭をさげると、わたしの頭を握りつぶせそうな大きな手でぐりぐりと頭を撫でられる。あだだだっ、強いっ、強いってば。

「ちゃんとしてんじゃねぇか。リオウな？　珍しい名前だな、どこの国のモンだ？」

日本です、とは言えないからどうしようか？　困って隊長を見上げるが、こっちを見てくれない。まったく！　頼りにならんです！

「でゅしゅれい様の従者になったときに故国は捨てましたので、申し上げることはできません」

「ほう？」

将軍の目が、剣呑に細められる。

怖いけど、目を逸らしたら負けだ！　ウチの近所にいたあの馬鹿犬にだって、睨み合いで勝ったことのあるわたしを舐めるなよ！　だけど、隊長の立場もあるので、ガン飛ばすんじゃなくて静かに見つめ返すだけにしておいた。怖いからじゃないよ！

やや暫くそうして睨み合っていたけど、突然将軍が笑い出した。

「デュシュレイ！　お前、随分面白いモン拾ったなぁ。だが、こりゃぁ、いい拾いもんだ。故郷まで捨てさせたんだ、最後までしっかり面倒見てやれよ」

その言葉に、表情を引き締めた隊長と、柔らかな表情の将軍が視線を交わして意味深に頷いた。男同士、視線で語り合ってる。どっかに注釈か副音声が聞こえればいいのにな。

「じゃぁな、頑張れよ、リオウ」

将軍は帰りがけにわたしの背中をばしばし叩くと、颯爽と去ってしまった。

「こりゃ、あれですね、将軍に気に入られちゃいましたね」

「……心強いと、思っておけばいいだろう」

疲れたように話をする二人を見上げる。え、気に入られたの？

わ、わたしは悪くありませんよ？　一緒にご飯を食べただけですからっ。

◆・◇・◆

「隊長、どこへいくんですか？」

お城の薄暗い廊下を、隊長のうしろから小走りでついてゆく。

ジェイさんとは、食堂ですぐに別行動になった。報告も済んだし、ご飯を食べてからここの寮の部屋に帰るんだって。

そして、わたしは隊長に連れられて、城の奥へと歩いて……小走りで向かっている。立派な回廊を渡って向かっているのが、お城の奥で、途中から壁や床の装飾がきらびやかなものに変わっていて、廊下には甲冑姿の兵士の人がところどころに立っていて、嫌な予感がするの。

「隊長？　ねぇ、こんな立派なところ、わたしなんかが歩いても大丈夫なんですか」

前をいく彼の上着の裾を掴んで、心細さのまま小声で尋ねる。

「大丈夫だ。これが終われば今日は休める」

「はいっ」

すこしだけ速度を落としてくれて、半歩うしろを歩くわたしの頭を撫でてくれた。その手が思いのほか優しくて、ちょっと安心してしまう。

怒られたり注意されたりすることが多いから、優しくされると嬉しいな。

「これからお会いするのは、やんごとないご身分の方だ。迂闊（うかつ）なことは言うなよ」

彼のその言葉で、嬉しくて浮いた気持ちが急下降ですよ。お城で、やんごとない身分って、嫌な予感しかしないじゃないですか。

「え。えと、あの、礼儀作法とかわからないですけど」

「そうか、そうだな。私に続いて入室し、中央まで進んだら膝をつく。私を真似て動けばいい。会話をするのは基本的には私がする、リオウは膝をつき、軽く顔を伏せたままでいればいい。終わったら合図をするから、起立し私のあとについてこい」

「わ、わかりました。頑張ります」

不敬罪で手打ちになんてならないように、言われたことを繰り返しながら、赤を基調とした絨毯（じゅうたん）のうえを歩き、たどり着いた両開きの扉の前には、顔が見える甲冑を着けた兵士が左右に立っていた。

「五番隊隊長、デュシュレイ・アルザックと、従者のリオウです」

「武器をお預かりいたします」

左に立っていた人に隊長が剣を渡し。そして、軽く身体検査されたあとで、右に立っていた人が、ドアを開けてくれる。

「五番隊隊長、デュシュレイ・アルザック、および従者リオウ。入室いたします」

入室して一礼する隊長に倣(なら)って深く頭をさげ、廊下よりも立派な絨毯を進む。チラリと見えた奥の階段のうえに立派な服を着た、なんだか怖い男の人が座っている。

部屋は蝋燭(ろうそく)も電気もないのに、ほんのり全体が明るい。もしかしたら、魔法なのかもしれない。だって、魔法使いチックなローブを着た男の人が二人、部屋の隅に立ってるし。

壇上の威厳たっぷりな、多分王様、の両脇には大柄なフル装備の甲冑が立っている。威圧感が半端ないです！　ちょっと怖い。

薄暗さのせいで、余計に雰囲気が出てる。もっと、ぱぁっと明るくしてくれればいいのに。

そんな文句を胸のうちで言うのは、現実逃避だってわかってるけど。そうでもしないと、手と足が同時に出ちゃいそうなんだもん。

中央付近まで進み、膝をついた隊長の真似をして、隊長の斜め後ろに跪(ひざまず)いて床を見る。

顔をあげちゃ駄目なんだって。だから、名前を呼ばれても下を向いていたら、目の前に誰かの立派な靴の先が見えた。そして、その人はわたしの前にしゃがみ込んだ。ひぃっ！

「リオウ？　お前、魔術師なんだって？」

びっくりして顔をあげると、思いのほか若い男の人がいた。

「陛下、壇をおりてくださいますな」

あ、やっぱりこの人が王様なんだ。

「もう時間も遅いし、早く済ませたほうがいいだろう」

近づいてきたご老人に、陛下がニヤリと笑う。

ご老人の手元には、ベルベット貼りの高級そうなトレーがあり、そのうえに、豪奢（ごうしゃ）なナイフと、プレパラートみたいなガラスの板が一枚載っていた。

「しかし、手順というものがございます。そのようなことでは、臣下にしめしがつきません」

ご老人が諭（さと）すように言っても陛下は、つらっとしている。いや、こうしてわたしの前で言い合いしてる時点で、しめしもなにもない気がする。最初に感じた威厳が、何割か減ったよね。

「余が、とっとと終わらせたいのだ。問題があるか？」

問題だらけだよ！　と言いたそうなご老人が持つトレーから、ナイフを取り上げた陛下は、わたしの顎（あご）を掴む。思いのほか強い力に、頭を動かすことができない。

そして、眼前に鋭いナイフの刃が迫る。こ、こ、怖っ！

「リオウ、血の盟約だ。動くなよ、手元が狂う」

隊長が小声で教えてくれた。アレか！　え、でもちょっと待って、どこを切るつもりですか！

刃先に怯（おび）えるのも一瞬で、あっと思う間もなくナイフが頬を滑り、頬がカッと熱くなる。

あまりに滑らかなその一連の動作に、身動きひとつできず目を見開くわたしの顎をグイッと横に向けると、頬から流れ出る血に熱い舌が傷のうえを滑った。

「いっ！」

痛い！　気持ち悪い！　という言葉を無理矢理飲み込めた自分に乾杯！　ギュッと目を瞑って懸命に耐えていると、すぐに舌は離れ、ゴシゴシと乾いた布で頬を拭かれた。そこはせめて、濡れタオルでお願いしたいです。痛い。

「よしよし、よく我慢したな。飴をやろう」

ハンカチで頬を拭いてくれた陛下が、目を開けたわたしに両手を出させて、ポケットから取り出した飴を握らせてくれた。

これは、注射をしたら頑張ったご褒美にステッカーをくれるとか、そんなイメージなんだろうな。

「あ、ありがとうございますっ」

ごそっとくれた飴は、色とりどりの紙に包まれていて、品がよくて、おいしそう！　王様御用達ならきっと凄くおいしいだろうなぁ。この世界にきてから、こういう甘味にありつけてなかったから正直に言ってとっても嬉しい！

もう、切られて舐められたことはこれでチャラにしよう。ふふっ、早く食べたいなぁ。

「まぁ、あれだな。これなら問題なかろう？」

そう言ってチラリとうしろに立つ、巨大な甲冑の人に視線をやると。もしかしたら置物かも、と思ったその甲冑はガシャリと音を立ててひとつ頷いた。うわっ、本当に人が入ってるんだ、あれ……あの大きさ、もしかして、さっき食堂でお世話になった将軍さんじゃ……？

「リオウよ、デュシュレイ・アルザックによく仕えるのだぞ」

「はいっ！」

元気よく返事をしてから、喋るなと言われていたことを思い出し、慌てて口を噤む。もちろん、今更もう遅いわけなんですけれどもっ！

怖くて隊長のほうを見れない。キュッと口を引き絞って、隊長から目を逸らし気味に視線を床に向ける。隊長のほうから冷気が流れてくる気がするんだもん。

不意に頭をワシワシと撫でられた。

「はっは！　デュシュレイよ、この者はすっかりお前に懐いていると見える。もうよい、さがって傷の手当てをしてやるがいい」

「陛下！　まだこの者の魔法を見てはおりません！　そのほう、なにか魔法を！」

ご老人の慌てる声に顔をあげると、立ち上がった陛下が面倒くさそうに手を振った。

「余がかまわんと言ったのだ。血の盟約は成ったのだ。この者は魔術師としてではなく、従者として生きることを決めたのだと聞いた。それに、このような若輩者の魔法など、どうせ取るに足らないものだろう、そのために、あの長ったらしい操駆を見ねばならぬのは苦痛だ。デュシュレイ、もうよいぞ、リオウを連れてさがるがいい」

「承知いたしました。御前失礼します」

隊長が生真面目に返事をすると、陛下はマントを翻し振り返ることなく壇の奥へと消えていき、そのうしろを大きな甲冑の人がついていく。

隊長とわたしも、キビキビと部屋を退出する。これ以上ここにいたくないっていうのは、どうやら隊長も同意見らしい。部屋の外で剣を受け取ると、すぐに歩き出した。

切られた頬が、じわじわと痛む。

飴をポケットに突っ込んでから、傷口を手で押さえて、先をいく隊長のあとを、もたつく足で追いかけながら、頬を押さえていた手のひらを見ると血がついていた。痛いはずだよね、まだ血が止まってないいんだもん。

「どうした、ああ、痛むのか」

隊長が振り返り、わたしが頬の傷を押さえているのを見て立ち止まった。すこし屈んで目線をさげた彼に、頬から手を退かされた。

「まだ血が出ているな。これで押さえておけ」

ハンカチを出すと、傷のうえに当ててくれた。

「ありがとうございます」

素直にお礼を言ってハンカチを押さえると、突然ふわりと体が持ち上げられた。

隊長の顔がすぐ側にあって、子供みたいに片腕に載るように抱っこされていることがわかった。

「え、あの！　わたし、重たいからっ！　あ、重力、重力をちいさくする魔……っ」

〝重力二分の一〟の魔法を使ってすこしでも軽くしようと、操駆のために胸に当てた手を、隊長に掴んで止められる。

「リオウ、誰の目があるかわからん、ソレは使うな。お前はあくまで、私の従者だ」

従者は魔法を使わないもんね、さっき、陛下も、従者として生きるから云々って言ってたし。

「でも、重くないですか？」

安定を得るために、隊長にしがみつく。

隊長はさっきよりも速いぐらいの歩調で、苦もなく歩いている。

「重くなどない。いつもアレだけ食べていて、この程度の体重とは。まったく、規格外な奴だ」

確かにこっちにきてから食べる量が増えた気がするけど！　ご飯がおいしいんだもん、これはもう仕方ないよね！

隊長に抱っこで運ばれて。上下運動のゆりかご効果？　の前に敢（あ）えなく撃沈してしまいました。

だって、お腹もいっぱいだったし、陛下との謁見で緊張しまくったし、いろいろキャパオーバーだったんだもん、寝落ちも仕方ないよね。

隊長、運んでくれてありがとう。ぐぅ――。

◆・◇・◆

目覚めたら、素敵に筋肉質な胸筋が目の前にありました。えぇと、腕枕？　隊長の？

隊長がパンツ一丁で寝るのは知ってるけど。なにゆえ、一緒のベッドに寝てるんだろう？　冷静に首をひねっていると、ゆっくりと隊長の目が開いた。

「あ、おはようございます」

反射的に朝の挨拶をすると、一瞬動きが止まったが、すぐに腕枕を外して起き上がった。

「……つまらん」

「は？」

ベッドのうえに上半身を起こし、立てた膝にひじをつく……という、やる人を選ぶ格好がバッチリ決まりますね隊長！　正直に言って、カッコイイです。

「すこしは動揺しないのか？　ひとつのベッドに、裸の男と一緒に寝ていて」

「……なんで？　裸なんて見慣れてるし！　平気ですよー」

我が家の男性陣は、裸族の傾向がありますからね、上半身裸なんて家で見慣れているんですよ。もっとも、隊長みたいに立派な筋肉じゃないですけど。

さらっと笑い飛ばしたら、隊長の凍てつく視線を浴びる羽目になりました。なぜ！

「リオウには、裸を見せあうような間柄の男がいるのか？」

な、な、なんで、ベッドに押し付けられなきゃなんないんでしょう？　両手が顔の横でそれぞれ押さえられて、身動きが取れませんよ！

「裸を見せあうような……って、わたしが見せることはないですよ！　ただ、風呂上がりとか、パンツ一丁で部屋ん中うろついてるから、目に入るだけです！」

パンツ星人であるヤツらが悪いんですよぉぉぉっ！

「……男と一緒に住んでいるのか」

うわぁ！　うわぁぁぁ！　なんかわかんないけど、更に機嫌が悪くなった！　ひぃぃぃ！

「だって！　ちゃんと服着てって言っても、聞かないんだもん！　ウチのお父さんも弟もっ！」

「父、と、弟……？」

ポカンとした隊長に、必死で頷く。

「聞くが、リオウにはいま現在、恋人はいるのか？」

な、なんでそれが知りたいのかはわかりませんが？

「過去も現在も、残念ながら恋人などいたためしはありませんけどっ！　それがなにか！」

隊長はたくさんいそうですよね！　時々無駄に色気があったり、すぐキスしてきたり、スキンシップ過多だったりしますもんね？

「そうか、父親と弟か」

なんですか、その微妙に嬉しそうな顔！　わたしがモテないのを晒うんですか！　どーせ家族以外に裸を見る機会なんてないですよっ！　ほんっとに失礼なヒトですよね！

機嫌が回復した隊長は、わたしのうえから退いてベッドをおりたので、わたしもベッドからおりようとして、足がスースーするのに気付いた。

ふと見ると、いつも穿いたまま寝ているズボンがなくて、シャツ一枚だけ着ている状態だ！

「うひゃぁあっ！」

「どうし……っ！」

「こっち、見ないでくださいっ！」

一生懸命シャツの裾を引っ張ってうしろを向いたけど、かえってうしろが持ち上がっちゃったから、きっと下着見られた……っ！

「もうっ！　なんでズボン穿いてないのっ！」

きっと、暑いからって、寝てるうちに脱いじゃったんだろうけど！　もう、本当に、こんなときにそんな寝相発揮しなくてもいいじゃない！　自分の馬鹿っ。

慌ててベッド脇に落ちていたズボンを穿き、ベストを着てサッシュベルトを適当に巻く。

服装を整えて、やっと一息ついて、ここがどこなのかをはじめて気にした。

「ここは私の家だ。これから、リオウもここに住むことになる」

こともなげに言われた。こんなにあっさり住むところが決まるなんて！　よかった！

隊長クラスになると、国から一戸建ての家が安く貸してもらえるんだって。隊長は独身だから、主寝室の他に客間が二つある三ＤＫのお家だけど、結婚すると更に広いお家になるらしい。

「それと、役職で呼ぶのはやめろ。何人隊長がいると思っている。これからは、名で呼べ」

そう命令されて、んんっ、と言葉に詰まった。確かに、彼が五番隊の隊長ならば、少なくともあと四人隊長がいるはずだもんね。

「でゅ、でゅしゅれい様？」

「ディーでいいと言っただろう。もう忘れたのか？　リオウ」

まだ服を着替えてなくて、上半身裸のままのたいちょ……ディーが、ニヤリと口の端をあげて笑った。す、凄く嫌な予感を醸し出す笑顔ですねっ。

「わかりましたっ！　これからはディーって呼びますっ。呼びますから、早く服を着てくださいっ」

わたしの主張がとおり、服を着てくれた彼が家の中を案内してくれた。

久しぶりに帰ったということで、家中もっさりと埃くさい。そういえば、ベッドも埃っぽかった気がするけど、どれだけ家を空けていたんだろう？

この家には食料がまったくなかったので、朝ごはんは町へ出て食べることになった。この世界は屋台が充実しているらしくて、多くの人が朝食を屋台で済ませているということだった。

そして、それはディーも同じで。食料がなかったのは家を空けていたからではなく、もともと食事は外食オンリーだったからだ。

超自炊派のうちの母が知ったら、黙って一時間は正座で説教コースだ。わたし的には、便利なんだから外食だって、お惣菜だっていいじゃないって思うんだ。お惣菜は、お惣菜作りのプロが作った、プロの一品だよ！

だけど、幼い頃からすり込まれた、母の恐ろしさを思い出して身震いする。わたしが従者をしているあいだはなるべく自炊しよう。もし今後毎食外食だったとか、あとでバレたら問答無用の二時間説教コース確定だ。異世界だろうが、関係なく怒られると思われる。

だから、彼にお家のことをやらせてもらえるように直訴した。せめて、食事は自炊させてください、未来のわたしのために！　と、心を込めてお願いしたら、思いのほかすんなりと受理された。ありがとうございます！　とりあえず食料を仕入れてきましょうか。

「ディー！　あれ、なんですか？　果物？　そのまま食べられるの？　シャーベットにして食べたらおいしそう、あれも買っちゃダメ？」

朝ごはんから帰りがてら、食材の調達です。

調理済みのものはたくさん見てきたけど、調理前の素材は見たことなかった。日本の食材とそうは違わない感じだから、どうとでもなりそう。

「ディー！　あれは？　野菜も買わないと！　好き嫌いは駄目だよ？　ねっ？」

野菜を買おうとして渋られ、メッと睨んでおく。

ディーの両手は食材で塞がり、わたしの手にも……えぇと、果物だけだけど、ちゃんと持ってるよ。

彼は紳士だから、荷物を持たせてくれないんだもん。

「たくさん買いましたねっ！　冷蔵庫、冷蔵庫。あれ？　冷蔵庫は？」

「れいぞうこ？」

不思議そうに首を傾げる彼に、わたしも首を傾げる。家に戻ってびっくり、どこを探しても冷蔵庫がない！　さて問題ですっ！　食卓に置いた、この大量の食材は、どう処理しましょうか。

「つかぬことをお尋ねしますが、食材を低温で保存する道具って、ないものなのでしょうか？」

「ないな。食料は基本的に、その日使う分を買ってくるものだ」

おおおおお、オーマイガー……。

「な！　なんで早く言ってくれないんですか！　こんなに買っちゃったじゃないですか！」

「常識だろう？」

あぁぁぁぁっ！　ケロッとしたその顔っ！

「わたしが非常識だって、知ってるじゃないですかぁぁ！　だから、お店の人が変な顔してたの？　こんなに大量に買い込んでるから？」

「まぁ、それもあるだろうな」

「いやぁぁ！　恥ずかしいっ！　今日買い物に行ったところに、もういけないじゃないですかぁ」

「そうか？」

そうか？　じゃない！　もうっ！　もうっ！　ディーなんてあてにならないっ！

「いいもん。冷蔵庫ぐらいなんとかするし！　ディー、使ってない木箱とかってありますか？」

お願いすると、大き目の木の箱を二つ出してきてくれたので、それを台所の端に置いてもらう。

右側の箱に、操駆した手を突っ込む。灯りを持続できるライトの魔法が可能なんだから、これもイケるはず。

「〝冷蔵・効果継続〟」

冷蔵庫程度の温度に箱内の温度がさがったので、そこに野菜を入れる。

そして、もうひとつの箱に、もう一度操駆した手を突っ込んで。

「〝冷凍・効果継続〟」

ひょー！　いい感じに冷えてきた！　買ってきた果物のよく熟れてそうなのを二つばかり、すぐに食べられるように、台所で見つけたナイフで皮を剝（む）いて一口大に切り、皿に載せて冷凍庫の中に入れておく。お皿はいくらか置いてあったので、本当によかった。

さぁ今晩はシャーベットが楽しめるぞ！　ワクワクしながら箱の蓋（ふた）を閉める。

「リオウ、もう時間だ」

「あれ、ディー？　お仕事？」

振り返れば、制服に着替えた彼がいた。

「本来なら、従者もだが。当分は、家のことを頼む」

「えー、わたしもお城にいくの？」

そんな！　なんでわざわざ危険な匂いのする場所に行かなきゃならないの？

「当たり前だろう。リオウは私の従者なんだからな」

従者じゃなくて、家政婦になりたい。

お家のことを任せてもらえたらそっちのほうがいいなぁ、って言ったら。

「この家に家政婦が必要だと思うのか？　まぁ、家を仕切りたいなら、ふさわしい立場があるぞ」

と、彼が笑顔を浮かべたので、聞くのはやめました。あの笑顔は危険ダ！

不満げな彼を、無理矢理仕事に送り出して台所に戻った。

そして、魔法をフル活用して大掃除した結果、一日で家中ピカピカになりました！　ほら、ディーも人が見てないときは魔法を使ってもいいって言ってたもん。家の中なら使い放題だよね！

いままで魔法を思い切り使えなかった分の鬱憤は晴れたけれど、とても残念な結果が付いてきた。

◆・◇・◆

「ディーのうそつき……」

「なにがだ」

デスクで仕事をする彼の斜め後ろに立って従者をしています。

「昨日は、当分は家のことをしてていいって言ってたのに」

「一日で、家中磨き上げたリオウが悪い」

悪くないもん、ちゃんと仕事しただけだもん。

部屋の隅でいじけたいが、この部屋にいるのはわたしたちだけではないから、自重する。

彼に強制で同行させられたのは、お城がある区画にある建物の、机が五つ置かれているそこその広さの部屋だ。執務室、っていうらしい。

デスクは二台が現在使用中で、一台が作業スペース皆無なくらい書類満載、あとの二台は補助的な机らしく空いている。

わたしたち以外にいるのは、六番隊のロットバルド隊長とその従者であるアルフォードさん。

なんかねぇ、二人ともちょっと怖い感じがするんだ。

ディーなんか目じゃない程寡黙だし、醸し出す空気は冷たいし、挨拶してもちょっと頷くだけでウンともスンとも言ってくれなかったし。こうやって、ディーとこそこそ喋ってたら、無言でギロッと見られるし。

すみません、煩くして。

いつまでこうしてディーの従者をやってられるかわかんないけど、今日明日の話じゃないだろうから、同室の人とはなるべくいい関係を築きたいなぁと思いつつ口を噤む。

「リオウ、お茶を頼む」

「かしこまりました」

言葉のうしろにご主人様ってつけそうになって、慌てて飲み込む。

いかんいかん、昔バイトしていた、『喫茶メイド魂』のくせが出ちゃいそうだ。喫茶メイド魂は、最上級のおもてなしをご主人様へという社訓のもと、厳しい新人研修が課せられ、基準をクリアできなければフロアに立つことができないという、実にプロ意識の高いメイドカフェだった。

でも、あのバイトのおかげで、お茶と呼ばれるものすべてをいれられるようになり、どこに出ても恥ずかしくないお茶汲みができる自信がある。

さて、ディーからリクエストがあったので、部屋についている給湯室にお茶をいれにいく。どれを使っていいものやら。見回すと〝五〟のプレートが貼られている棚があったので、開けてみる。

そこには、いつ購入したのかわからない紅茶と、酸化した珈琲(コーヒー)豆が。

これ、使って大丈夫なの？　とりあえず、紅茶の匂いをかいでみて、振って混ぜてみた。……大丈夫っぽい。

一緒に置いてあったカップを取り出すと、どのカップも茶渋で内側の色が茶色く変わってる、ティーポットの中さえも、まだらに茶色く染まってもとの色合いがわからないありさまだ。

洗い物からか！　ここからはじめるのか！　なぁんてね。ここは、ディーたちのいる執務室から死角になっている給湯室で、わたし以外誰もいないんです。ということは、うふふふ～魔法っていいねぇ～、手強(てごわ)い茶渋もササッと落とせましたよ。

真っ白になったティーポットに茶葉を入れ、ちょっと高い位置からカップ二杯分の熱湯を注ぐ。

細かい茶葉だったから二分程度で十分かかな。時計も砂時計もないので、なんとなく感覚で二分ちょっと計り、カップに注ぐ。今度、砂時計かなにか欲しいなぁ。

「お待たせいたしました」

ふわりといい香りをさせた紅茶を、ディーにそっと出す。

「ああ」

彼はすこしだけイスを机から離し、ソーサーごとカップを持って深く腰掛け、カップに口をつけた。実にさまになる動作だ、まるで外国の俳優さんのようで、ちょっと見惚れちゃった。

一口飲み、じっとうかがっていたわたしを見上げる。

「うまいな」

「ありがとうございます」

ホッとしてちいさく微笑むと、彼も笑みを返してくれた。

いや、実際、あの茶葉ヤバいんじゃないかって、ひやひやしてたんだけどね！　おいしいなら大丈夫だよね！　一応、魔法で毒消しはかけておいたけど、どの程度のもんかわからなかったし！　あとで、残ってる紅茶を堪能させていただこう。

あとあれだね、明日からはミルクとレモンと砂糖を持参しよう、あとお茶菓子ね、どうにか持ってこれないかなぁ。クッキーとかがいいけど、オーブンないし。フライパンでもできるかな？

おやつの時間を作っても、怒られないよね？　あまったら給湯室でこっそり食べるんだ！　ふふ、楽しみ、楽しみー。

「なにを考えている？」

紅茶を半分程飲んだ彼が、怪訝な表情でこちらを見ていた。

「明日のことを。そういえば、棚にあった、傷んでそうな珈琲豆とか捨ててもいいですか？」

「ああ、リオウの好きにしてくれ。あと、必要なものがあれば申請すればいい」

「申請？」

「必要なものは経費で落ちる。茶も、経費だ」

経費？　ってことは、お金を出してもらえるってことだよね！　素敵！

「是非申請させてください！　ミルクと砂糖とレモンはダメですか？」

「出して、却下されたら諦めろ」

「はい！」

そうしたら、新しい珈琲豆もお願いしよう。珈琲ミルとかは揃っていたからいらないし。

あのあやしい茶葉も新しくしちゃおう！　ディーから渡された申請用紙に記入すべく、ディーの机の端っこを借りる。

「まずは、珈琲と、紅茶、お砂糖、ミルク、レモン」

書きにくいペンと、委員長の暗号文字を思い出しながら四苦八苦しながら記入する。凄く書き間違えてそうで怖い。

「これでいいですか？　これ、どこに提出すればいいですか？」

「ああ、ちょっと貸せ。字が読みにくいが、まぁいいだろう」

渡した書類にディーが青色のインクでサインする。字が汚いのは仕方ないです、こっちの綺麗な字というのがわからないですし。

「これを総務局に提出すればいい。帰りにでも一緒に行こう」

「はいっ。あ、お茶のお代わりはいかがいたしましょう？」

「いや、いい」

「ではおさげいたします」

ソーサーごとカップを受け取り、トレーに戻して給湯室に戻る。

給湯室で残ってる紅茶を味見したり、カップを洗ったり、カップを洗ったり……煤けたカップが奥のほうに何個もあったので、ついでに洗ってました。

部屋のほうから話をする声が聞こえてくるので、きっと隊長同士でなにか話し合ってるんだろうと推測して、ちょっと時間をかけて洗い物や給湯室全体を磨いたりしてみた。

部屋に戻ると、話は終わっていて二人とも黙々とお仕事をしていたので、そっと彼の斜め後ろに立つ。ここが定位置らしく、来客があれば壁際にさがる。

あ、そういえば。ふと思い出して、彼の肩をとんとんと叩く。

「さっき、そこにあった書類、数字の集計間違ってるようでしたよ？」

彼の耳元に口を寄せて、他の人に聞こえないように言う。

「どれのことだ」

聞いてくる彼に、さっき目に止まった書類をそっとディーの前に持ってくる。

「これです。この行、一桁ずれてますよ。で、合計も間違ってますよね？」

コンマはちゃんと書かれているから、単なる記入ミスってことなのかな。その割に合計で間違うってどうなんだろう、マニアックなミスだ。

「ちょっと待て。いま、計算する」

彼はなにも書かれていない紙を出すと、一行ずつ丁寧に計算……足し算をはじめた。

時間、かかりそうだなぁ。さっき目についたのはそこだけだけど、ついでに他の行も暗算してみる。

手元に架空のソロバンを弾きながら集計していると、ディーの興味深そうな視線が刺さった。

「な、なんですか？」

「それも、魔法か？」

小声で言われ、ふるふると首を横に振る。

「普通に暗算してるだけですよ？」

「まぁいい。リオウ、あそこのイスを、こっちにもってこい」

「は？　はい」

嫌な予感がすれども、命令には従わなきゃいけない。重たいイスをえっちらおっちら運んで、彼の横に置く。

「そこに座れ」

やっぱりそうきますか。ちょっと逃げ腰気味にイスに腰掛けると、あら不思議！　目の前に紙の束がドサッと。

全部、数字関係の書類ですね。出納簿に支出伺い書等、簿記と総合実践の授業で習いましたよ、わたし商業科ですし。

白い紙も渡される。

「間違いはこっちにメモしろ」

「あの、これって、従者のしご……」

「今日はこれが終わらんと帰れん。ここに泊まり込みたいか」

「やります、頑張りますっ。ペン貸してください」

途中、何度か休憩を挟みつつ、日が落ちるまでみっちり数字と戦う羽目になりました。計算ミスを指摘したの、ちいさな親切のつもりだったのに。恩を仇で返された気分ですけどね。

その日の夕飯は、先日食べた食堂でいただきました。帰ってから作る気力なんて一ミリもありませんでしたから！　お母さんには絶対ナイショです。

「こんなの、従者の仕事じゃないですよぅ」

「泣いてもいいが、手は止めるな」

わたしの左側に座る鬼をなんとかして欲しい。わたしは今日も数字関係の書類と格闘してます。

もう二週間もこんなことが続いていて、毎日毎日ひたすら計算を入れる日々。

かなりの頻度でミスがあり、それを別紙に記入してクリップで留めてるんだけど、当初、クリップという存在すらなくて手間取ったので、ディーにお願いして、針金を渦状に加工して作ってもらいました。実際に作ったのはお城の職人さんです、ありがとうございます。書類の分類がすっごく楽になって、仕事がかなりはかどるようになりました！

チラチラと窓の外を確認し、太陽が真上にきたのと同時に席を立つのも、最近の習慣です。

給湯室にこっそり置いてある冷蔵箱から、朝作って入れておいたハンバーガーの材料を取り出し、手早くパンに挟んで大皿に盛る。それを二皿作り、珈琲をいれること四人前。

「休憩にしましょう！　だらだらやっても、効率が悪いですよ」

空いている二台の机を濡れフキンで拭いて、二人分ずつセッティングする。

「もうそんな時間か」

と言いながら、いそいそと六番隊のロットバルド隊長とアルフォードさんも、机へと移動してきます。当初、超寡黙で、わたし嫌われているんじゃないかと思ってたんだけど、単なる人見知りだったことが発覚し、こうして一緒にお昼の休憩を取る仲になりました。

「今日のはベーコン・レタス・トマトバーガーです。どうぞお召し上がりください」

言った途端に、すかさず手が伸びる。各皿大き目ハンバーガーが四つずつ載ってる、一人あたま二つ計算ですよ。

一日二食は厳しいので、お茶の時間という名目の、実質昼食タイムです。ビッグなサイズ二個を五分程度で完食です、わたしを含めみんな早食いです、その割に食後の珈琲はゆっくり味わいます。

わたし以外はブラックで、わたしは甘いカフェオレです。

「そういえば、リオウ君の考案したクリップですが、他の部署にも配布されているようですね」

アルフォードさんがこちらを向いてそう言った。

「あれがあると、書類の仕分けがはかどるからな。あと、あの冷蔵箱です。あれのおかげで、鮮度のよいままで食料を保存できる。本当に素晴らしい道具です、惜しむらくはあれが市販されていないということでしょうか。発売されたら真っ先に購入させていただきたいと、是非制作者の方にお伝えください」

「申し訳ない、そういったことも厭う御仁なので」

きっぱりとディーが断ると、アルフォードさんもすぐに引き下がってくれる。

アレを売って一攫千金も一瞬考えちゃったけれど、それはいろいろまずいだろうと、脳内で速却下しましたよ！　でもなぁ、量産できて安い値段で提供できるなら広まって欲しいなぁ。たとえば、昭和の時代にあったうえの段に氷を入れて庫内を冷やすタイプの冷蔵庫とか。いや、そもそも、氷の生産ができないんだって。

巨大な製氷機があれば、そこで作った氷を切り分けて安く売るっていうのはどうかな？　そうしたら、みんなが気軽に使えるよね。

ぼんやり考えてて、ふとカップから顔をあげたら、全員の視線が集まっていた。あ、あれ？

「な、なんですか？」

焦って、ディーに聞くと呆れたようなため息が返ってきた。

「リオウがぶつぶつ呟いてるから、気になっただけだ」

「セイヒョウキがどうのとは、なんのことですか？」

　案外はっきり呟いてたんだね、わたし。

　アルフォードさんに聞かれ、わたしが魔法を使えることは触れないように、注意して説明する。

「えぇと、ですね。魔法で大量に氷を作ることとなんてできないのかな、と思いまして。こう、溜めてある水を凍らせるみたいな」

「水を凍らせる？」

「そうです、氷の山みたいなのを作って氷を切り出すという手もあると思います。そうやって氷を作れたら、こう二段に仕切った棚のうえの段にその氷を入れておけば、下の段に入れた食料を冷やせるから。あの冷蔵箱みたいな効果が得られるじゃないですか。そうしたら、町の人たちも食品の保存とか、便利になりますよね」

「なるほどな。だが、魔術師の数は少ないぞ？　国中に行き渡ることはないだろう」

　苦い顔をして言ったロットバルド隊長に、納得する。そういえば、王様に謁見したときに見かけた以外、魔術師を見たことがないもんね。

「それなら、毎回魔術師に氷を出してもらうんじゃなくて、一回の魔術で継続的に氷を作れる施設があればいいですよね」

「継続的に？」

「そうです。あの冷蔵箱の氷を作るバージョンがあれば各町ごとに一〜二台ずつ設置して、管理は国でして。でもそういうのって、どうしたってウマイ汁吸おうとする人が出てくるから、ちゃんとしたチェック機関作らないとまずいですよね！　やっぱり、国で管理するより地方に管理を任せて、国はチェックする側に回るほうがいいでしょうか？　時々内緒で販売価格をチェックして、不正がないことも確認しないと。それとも、氷は無料配布にしたほうがいいでしょうか？　でも、管理に人件費とかのお金がかかるなら、多少なりともお金をもらわないと、やっていけないですよね……あれ？　どうかしましたか」

　考え考え一生懸命説明すると、みんながシーンとしてしまった。

「お前、案外ちゃんと考えることができるんだな」

　ロットバルド隊長の失礼な言葉に言い返そうとしたら、アルフォードさんも同意するように真顔で頷いていた。わたしって、そんなに馬鹿っぽいですかね！　もうっ！

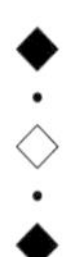

　仕事で使うクリップをもらいに鍛冶師（かじし）のおじさんのところへ行ったとき、わたしを探す近衛騎士がきていたと教えてくれた。近衛騎士っていうのは、王族の護衛とかする、身分も実力も一品の精鋭集団らしくて、ほら、あの王様に会ったときに見た、廊下に立ってた甲冑の兵士とかがそうらしい。だけど、知り合いなんていないよ？

　鍛冶師のおじさんが、つい名前を教えてしまったが、会わないほうがいいと忠告してくれたので、全力で回避する方針です。

　近衛の人に探されてるっぽいのを教えてもらった数日後、とうとうわたしは、問題の人物と接近遭遇することになる。

「リオウ？　あそこにいるぜ」

　着ていた服を脱いで汗を拭っていた隊員が、近衛騎士の制服を着た青年に、わたしの居場所を教えていた。五番隊はガチの叩き上げ集団で平民出身の隊員が多いので、貴族である近衛騎士にも臆することなく堂々とタメ口だ。多分問題ありだと思うんだけどね。

　鍛冶師のおじさんから聞いてから、軽く調べてみたんだけど。貴族だったりするらしい近衛騎士も、五番隊のその態度を許容できない人たちは決して近づかないらしいし。

　っていうか、こんな外れにある訓練場にくる騎士なんて、はじめて見た。騎士の使う訓練場は、もっと中央寄りで、施設も備品も充実してるから、こっちにくることはないんだよね。

「ありがとうございます」

　笑顔で感謝を口にしてるから、貴族と平民の隔たりとかない人なのかな？

　遠くから伺った会話だとそんな感じなんだけど、わたしを探しているっていうのが問題だ。鍛冶師のおじさんの忠告は、大事にしたいと思います。

　そっちに顔を向けないようにしながら、訓練場の片隅で隊長の練習用の防具を磨いてるのです。これも従者の大事なお仕事。

「フォルティス殿、なにか御用ですか」

「デュシュレイ・アルザック殿」

ディーも訓練していたので汗をかいてはいるが、他の隊員のようにもろ肌を出したりはせず、きっちりと服は着ている。一応隊長としての体裁があるのかな？

彼が声をかけたことで、近衛騎士の人の視線がわたしから逸れた。よしっ！

わたしから意識が逸れたのを確認してから操駆をし、振り向きざま闖入者フォルティスに向かい小声で「〝光学迷彩〟」と唱えた。

一昨年テレビでやっていた、消したい対象物の前面に背後の画像を映し出す装置をつけ、まるで透明人間のように、姿を消すというのを一度やってみたかったんだよね！

対象者の視覚から、わたしを省き、わたしの前面にうしろの映像を見せるイメージ。そうしておいてから、そろりそろりと移動する。

なので、現在近衛騎士の人からはわたしが見えないけれど、他の人からは変わらずに見えている。

闖入者以外からは見えているので、そのようすが面白おかしく見えるのは請け合いだが、全員の視覚から消えてしまっては、わたしが魔術師だとバレかねない。

「訓練中申し訳ありません、こちらにリオウという従者がいると、聞いてきたのですが」

「リオウならば、私の従者ですが。なにか御用ですか」

近衛騎士の人の答えに、ディーが低く威圧を込めた声で問い返している。ひぇっ。

「はい、彼が考案したクリップがとても便利でしたので、是非本人にお礼を申し上げたく」

「そうですか。しかし、生憎と使いに出してしまったところです、当分戻らないので、あれには私から伝えておきましょう」

「え？」

闖入者が振り向き、わたしがいないことに驚いてる隙に、体格のいい隊員たちの密集している陰に、こそこそと身を隠す。

「え？　え？　さっき、確かに――」

「では、フォルティス殿。まだ訓練の途中ですので、失礼します」

隊員たちも面白がって壁になって隠してくれるのがありがたい。彼は暫く見回していたが、わたしを見つけることができずにそのまま帰ってくれた。

なんだったんだろう？　クリップ程度で、偉い人がわざわざお礼なんかにくるものだろうか？　いや、くるものなら、文官の人たちが大挙してきてるんじゃないかな？

なんだか嫌な予感を感じながら、ディーは打ち合わせがあるから、先に執務室に戻っていろと言っていたので、素直に先にいきますとも。

まさか、早々に打ち合わせから戻ったディーが、面倒くさい仕事を持ってくるなんて予想もしてませんでしたよ！

第三章　メイド（偽）

がしがしと洗濯板に洗濯物を擦りつける。アナログ、超アナログお洗濯！

「リレイさん、そんなに強く擦ったら服が傷みます！　もっと優しくおやりなさい！」

「はい、申し訳ありません」

一旦洗濯物から手を離し、注意してくれたメイド長のマージュ夫人に頭をさげると、ひらりと白いエプロンが翻る。着ている服はシックなメイド服、髪の毛は魔法で定着させた黒髪のカツラで、三つ編みにして背中に流している。

リレイというのは、わたしのここでの名前。ディーが勝手につけてくれました、リオウ＋デュシュレイでリレイだそうです。どうして、わたしとディーの名前を足さねばならないのか、謎です。

「わかればよろしい。アルフォード様の紹介といえども、贔屓をするつもりはありませんからね、心して御仕えなさい」

「はい、よろしくお願いいたします」

もう一度深く頭をさげると、ようやく納得したように館の中へ戻っていった。

この館にメイドとして働くようになって早三日、彼女はああして、わたしの仕事振りをチェックし

にきてくれる。

口うるさいと嫌がる同僚も多いけど、注意してもらえるうちが花なんだとバイト先で学んでいたのでありがたいと思う。半面、早くお小言をもらわないで済むようになりたいとも思う。

四日前、ディーにこのお屋敷でメイドとして働いてこいとのお達しをもらった。

その日のうちに、アルフォードさんに馬車に乗せて連れられ。脳内でドナドナを歌いながら三日。馬車の中で、やはりわたしの従者っぷりに不満があったのかと落ち込んだけれど。この屋敷につくまでに思い直し、従者の仕事にあぶれたらメイドになれるように、手に職を持つのもいいな、と前向きに考えることにした。やっぱり、手に職のある人間はいいよね！　職人最高！

なにゆえアルフォードさん経由なのかよくわからないけど、まぁいろいろあるんだろうな？

ディーのお家(うち)が五個は入りそうな家、前庭、中庭……どこのお城かっちゅーねん！　お金持ちだね！　従業員もたくさんいて、名前なんて覚えられない。

とりあえず、メイド長のマージュ夫人は覚えた！　あと、ほぼ同期のイライアさんも覚えた！　他の人は適当に、名前を呼ばないで済むように生活してます。

それにしてもこのお洗濯、こっそり魔法使っちゃ駄目かなぁ、手だけだと、なかなか汗染みとか落ちないものなんだね。優しくゴシゴシしながら、魔法を使いたい誘惑と戦いつつ、メイドになることを命じられたときの、ディーとの会話を思い出す。

「魔法は絶対に使うな。もしバレたら、わかっているだろうな？」

わかりません！

「リオウの目は正直だな」

ディーさん？　なぜ、憎憎しげに言うんですか？　正直なのは美徳ですよ！

「もう一度言う。魔法は、絶対に、使うな」

両手で顔をがっちりと掴まれて、凍てつく視線に射貫かれれば、そりゃ首を縦に振るしかないでしょう？　魔法を使ったら、なんか、凄いことをされるようです。怖い怖い！　だから、おとなしく魔法なしで、メイド修業してます。

「災難ねぇ、マージュ夫人に目をつけられて」

同僚のイライアさんが、洗濯物を絞りながら苦笑する。

「わたし、目をつけられてるんですか？」

「気付いてなかったの？」

ため息を吐かれ、洗濯物を見てもうそのくらいでいいわよと言われる。

「あなた、あのアルフォード様のご紹介なのでしょ？　本家のご子息直々に紹介された人間なんて、本当ならこんな下働きなんかしないわよ」

聞けば、この屋敷はアルフォードさん家の分家で、本家の推薦できたメイドなら、屋敷内でお茶出し等の軽作業をするのが本当なんだってさー。メイドでもランクがあるんだね。

「でもわたし、新人だからこういう仕事のほうが、ミスしても大事にならないからよかったです」

「そう？　私なら、やっぱりお部屋付きのメイドになりたいわ。そして、ご子息様との甘い禁断のラブロマンス」

あ、語尾にハートマークが見えた。

「禁断なんですか？」

洗濯物を絞りながら聞くと、嬉々として答えてくれました。

「禁断よ！　だって、お貴族サマとしがない平民のメイドよ？　越えられない身分の壁があるのに、ああ、それなのに、止まらぬメイドとの愛。最初は、互いにその姿を一目見るだけでよかった純愛が、やがて、その手に触れ、その頬に触れ、やがて目くるめく禁断の果実を、きゃっ」

楽しそうですね、目くるめく禁断の世界。更に目くるめく話を続けるイライアさんと共に、洗濯物を干して屋敷内へ入った。

◆・◇・◆

最近なんだか、体に力が入らない。原因はわかってるんだ、それは、空腹。

ちゃんと朝晩ご飯は出るんだけど、基本的に量が少ないしお代わりもできない。最近は執務室でお昼にお茶の名目で昼食を食べていたから、余計につらいのかも。

それに、こっちの世界にきてから、明らかに食べる量が増えてるし。あぁ、空腹って悲しい気分になるのはなぜなんだろう。

「リレイ、大丈夫？」

イライアさんが心配してくれるけど、大丈夫、お腹がすいてるだけだから。気力を振り絞って笑顔を作って、大丈夫だと首を縦に振る。

最近、お仕着せのメイド服のウエストが、緩くなってきたんだよね……最初、ぴったりだったのになぁ。なんだかとっても燃費の悪い体になってしまった気がするんだよね。

ああ、ホントにもう無理っ！

アルフォードさんごめんなさい、わたし、台所に忍び込みます、そして、食料ゲットだぜ！　いや、ホントにごめんなさい、ごめんなさい。

夜中寝静まった屋敷。無論、寝ずの番はいるから、玄関先などには近づかないように注意。

大丈夫！　見回りの時間もチェック済みだし、経路も覚えてるから！　空腹を覚えるようになってから、脳が勝手にチェックしてたの！　ごめんねー！

するりするりと、台所に忍び込む。あぁ、大きな台所素敵！　これで冷蔵庫があれば完璧なんだけどなぁ。

ぐうぐう鳴るお腹を抱えながら、台所を漁る。楽にはこれたが、食料の場所がわからない。

生鮮食品は毎日調達しないといけないから置いてないにしても、乾物はあるでしょう？　パンは？　パンもある程度保存が利くでしょ？

「な……ない……」

台所の床にへたり込む。

「なにが、ないって？」

ぴぎゃぁぁぁ！　悲鳴をあげなかった自分に乾杯！　うしろからかかった声に、腰を抜かしそうになりながら振り向く。

「お前は、誰だ？」

「あなたこそ誰ですか？」

反射的に聞き返してしまったけれど、うしろにいたのは、高級そうなガウンを羽織った、寝巻き姿の長身の青年だった。引きつるわたしの顔を見て、笑いを噛み殺しているぐらいなので、なんだか話のわかりそうな人じゃない？

「私かい？　私はこの屋敷の家人だな」

「わたしは最近こちらに雇っていただいた、メイドのリレイと申します。いつもお世話になっております」

わたしが仕えているお方でしたか！　きっちり三つ指をついてご挨拶する。

「これはこれはご丁寧に。で、お前はここでなにしている？」

「お、お恥ずかしい話なのですが……」

あまりにも恥ずかしくて、赤くなって視線を外してしまう。

「お、お腹がすいて、もうどうしようもなくて、なにか余り物でもあればと」

語尾が細くなるのも当然でしょう、年頃の乙女が、残り物を漁りにくるなんて。

「ぷっ！」

思いっきり、噴き出してくれましたねこの人。恨めしく、じと目で見上げるわたしに気付いて、彼は笑いを堪え、気を取り直すように数度咳払いをした。

「悪い悪い。そんなに腹が減ってるなら、ついておいで、部屋に夜食が残ってるから」

あれ？　なんだか言葉遣いがフランクに？　ま、いいや！　ご飯！

すたすたと前をいく寝巻きの青年について、階段をあがっていく。

また、見回りの誰とも会わなかった、よかった！　いくら住人と一緒にいるって言っても、怪しまれるのは間違いないもんね！　二階の一番奥の豪華な部屋、ってことは、この屋敷の三男さんですね、確か名前は、オルティスさんだったはず。

で、次男がフォルティス？　長男はイルティス？　みんなティス繋がりってことは覚えてる！　だから、家名はレイバントなのに、ティス家って呼ばれてるそうだ。歴代男子の名前にはティスってつける拘りがあるらしい。

部屋に入ると、右側の壁に寄せるように置いてある立派な執務机のうえに、あった！

「いただきますぅっ！」

「ど、どうぞ」

素敵！　軽食じゃない、本気の食事だ！　お肉にパンにスープにサラダ！　おいしい！　おいしいです！　泣き出さんばかりに、感激しながら食べるわたしを、オルティスさんはにこにこしながら見ている、思ったとおりいい人だよね！　さほど時間をかけずに、完・食。

「ご馳走様でしたぁ～」

久しぶりの満腹です！　はぁ、しあわせ。

「いい食べっぷりだな、そんなふうに豪快に食べる女性を、はじめて見た」

「あぁ、まぁ、いないでしょうねぇ」

あなたみたいな色男の前でがつがつ食べられるのは、食に飢えていたわたしみたいな人間ぐらいなものでしょうね。

「お前、本当に女か？」

「えぇ！　男に見えるんですか、わたし？」

加圧シャツは着けていないのに、男に見られるなんて！　がっかりしつつ、自分の胸を見下ろし、アンダーバストの下の服を押さえて胸を強調させてみる。

腰もぎゅっぎゅと絞って、くびれを強調してみる。

「あぁ、まぁ、女だな。それに、賊でもないようだ」

「ゾク？」

「ある程度の規模の貴族の家なら、いつだってその危険はあるだろう？」

そういうものなのかな？　首を傾げると、オルティスさんが、そういうもんなんだ、と話を終わらせた。

「ご飯ありがとうございました、これで数日は我慢できると思います」

「台所を漁るんじゃなくて、俺のところへこい。何かしら置いておくから」

「本当ですか！　本当にいいんですね！　嬉しいです！　ありがとうございます！」

両手を握ってぶんぶんと上下に振る。

「じゃぁ、わたし、明日も早いので失礼しますね！　ご馳走様でした！　お休みなさい！」

「あぁ、じゃぁな」

やや呆気にとられているオルティスさんに見送られて、廊下に出て、見回りさんに見つからないように注意しながら部屋に戻り、久しぶりにぐっすりと眠りました。

お腹いっぱいで眠れるって、今日はなんていい日だろう！

◆・◇・◆

最近では魔法なしでの洗濯も掃除もすっかりうまくなりました。マージュ夫人ありがとう！　あなたが徹底的に仕込んでくれたおかげです！　これで、従者の仕事が駄目になっても、下働きでやっていける自信がつきました。まぁ、そんなことにはならないとは思いますが、万が一はいつあるかわかりませんからね。

うふふふふ〜、さぁて、今日は、三日に一度の夜食をたかりにいく日〜。

軽い足取りで、見回りをかわしつつ二階の奥の部屋を目指す。〝熱感知センサー〟の魔法であらかじめオルティス様が部屋にいるのは確認済み！　コンコンとちいさくノックすると、中からすぐにドアが開けられる。

「こんばんわー」

「入れ」

開かれたドアの隙間からするりと体を滑り込ませる。

あぁ！　今日はサンドイッチですか！　スープはレモン色の辛口スープで、付け合わせの果物がたっぷり～！　期待に満ちた目で、オルティス様を見上げる。

「食べていいぞ」

「ありがとうございます！　いただきますっ！」

尻尾があれば、ぐりんぐりん回してる勢いでご飯に突進し。お喋りなんかする暇もなく一気に完食する。食後のほうじ茶が欲しいところだけど、この時間なので、水で我慢。

「ご馳走様でした。今日もおいしゅうございました」

手を合わせて感謝する。

オルティス様は今日も、にこにこしながら終始横にいた。はっきり言って食べにくいんだけど、横取りしている分際で文句を言うのもアレなので我慢する。

食べ終わったトレーをドアの横のワゴンに片付ける。

「今日もいい食べっぷりだったな」

「はい！　とてもおいしかったです。そういえば、オルティス様って、いつもはなにやってるんですか？」

さすがにいつも食べて即帰るのも悪いかなと、ちょっと世間話を振ってみる。

「珍しいな、俺のことを聞くなんて」

「いえ、別に、さほど興味もないので、言いたくなければいいです。では今日もご馳走様でした。おやす――」

「いや、待て待て！　別に言いたくないわけじゃない」

帰ろうとするわたしを、慌(あわ)てて引き留めるオルティス様に首をひねる。別に、言いたくなければそれでいいのに。そうすれば、無駄話なんかしないで、即帰るだけなのになぁ。

ふと、机の脇に寄せられた本の背表紙に目がいく。

「へーほー書ですか……。これで、勉強しているんですか？」

兵法書、ってことは、戦(いくさ)の仕方ってことだよね。

「ああ、これでも士官学校の最終学年だからな、兵法は必修だ」

士官学校かぁ、近くの町に学校があって、オルティス様はいつも朝早くに家を出て通ってるんだよね。貴族か貴族のバックアップを受けた平民しか入学できない、金か才能がなければならないので、なかなかにハードルが高い学校だ。

「へぇ、そうなんですか」

「一応主席だし、それなりに将来有望なんだぞ」

エヘンとわざとらしく胸を張るオルティス様に目が据わる、自分で言ってれば世話ないですね。

「お前も知ってのとおり、我が国は現在、隣国であるイストーラと緊張状態にあるだろう？」

「緊張状態って。戦争しそう、なんですか？」

凄く平和そうなので、全然そんな感じがしないのに。そう尋ねたら、呆(あき)れたようにわざとらしいため息を吐かれる。

「子供でも知っていることだぞ？　イストーラは穀倉地帯で、我が国も多くの穀物を輸入しているのだが、年々関税があげられている。外交交渉も行っているが、向こうは魔術師大国でもあり、強気で聞く耳を持たない」

「そんな大事なこと、わたしなんかに教えちゃってもいいんですか？」

「かまわん、このままでいけば、近く戦争状態になるだろうからな。民衆ももう心構えをすべきだ」

イストーラと、戦争？ってことは軍人であるディーの従者であるわたしも、くっついて戦争にいくことになるのかな？　え？　えぇっ！　わたしも、戦争に参加するの？

さぁっと血の気の引いたわたしに、オルティス様は慌てて言い募る。

「今すぐというわけではないし、ここまで戦火が届くこともないだろうから、そんなに青くなる必要はないんだぞ」

「でも、戦地では、人がたくさん死んだりするんですよね？」

恐る恐る、確認する。

「それは、もちろんだ。現地の指揮は平民出である、三番隊から五番隊が出ることになるだろう。あとは、各領地から出役する兵士や傭兵が、戦地に向かうことになる」

五番隊っていえばディーが隊長をする部隊じゃないですか、ってことは、やっぱり、戦地行きですか。このままここでメイドしてたいけど、わたしの本来の仕事はディーの従者だし、ここでディーを見捨てたら寝覚めが悪いし、ディーって、案外要領が悪いから、フォローしてあげないとだし。

魔法使えば、自分の身の安全は確保したうえで、ディーを助けることくらいならできそうだけど。

「とはいえ、我々士官学校出の新米も、前線へ向かうことになるだろう」

「えっ？」

　驚いて彼を見れば、彼は両手の拳を握り締め、口の端をあげていた。

「一足飛びに昇進する機会なんて、そうそうないからな。精々この機を掴んで、のし上がってやるさ」

「のし上がる、って。まるで、戦争を喜んでるみたいじゃないですか」

　口元をギュッと引き締め、彼を見る。こちとら、前線で戦うことになるかもしれないのに、なんだよチャンス到来じゃないよっ。すっかり、荒んだ気分になってしまい、オルティス様に八つ当たりしてしまう。

「……貴様、自分がなにを言ってるのか、わかっているのか」

　オルティス様の視線がきつくなるけど、ディーのほうが数倍怖いから耐性があるもん。

「戦争で割食うのって、国民じゃないですか。うえの人たちは外交とかで戦争を回避するのが仕事なんじゃないですか。貴族であるオルティス様が戦争を歓迎しちゃ駄目ですよ。じゃぁ、今日もご馳走様でした、お休みなさいませ」

　言いたいことの半分くらいしか言ってないけど、スッキリしたし？　言い逃げになるけど、まぁ、このくらいで我慢しとこうか。

◆・◇・◆

「お前、ホント、あんなこと言ったあとで、よくこられるな……っ！」

あれから三日後。今日もオルティス様の部屋で、おいしく夜食をいただいています。

「でも、オルティス様だって。お料理、手つかずで取っておいてくれてるじゃないですか。本当に、ありがとうございます」

あぁ、今日のご飯もおいしい！　ビバ、料理長！　願わくば、わたしたち下っ端の食事にも力を注いでください！　満面の笑顔で食事をしていると、重いため息が聞こえる。

気分がまずくなるから、やめて欲しいです。

「この前、お前が言っていたこと……。あれが、民の意見なのか？」

ポツリとオルティス様が零した問いに、首を傾げる。

「あの戦争のですか？　さぁ？」

「さぁ、ってお前！」

色めき立つオルティス様に、更に逆側に首を傾げてしまう。

「あれは、わたしの意見ですよ。戦争、嫌いですもん。ニホ……ええと、わたしが生まれた国でもわたしが生まれるより前に、戦争があって、国土が戦場になったんだよね。わたしが生まれるずっと昔だから、もうほとんどその戦争の跡とかも残っていないんだけど。もし、わたしがその時代に生きていて、兵士として戦うべき立場になったとしたら」

吐息が零れた。

「わたしなら、命をかけるなら、家族や大切な人を守るためだなぁって思ったんだけど」

食事の手を止めて、自分の両手を見つめ。視線を感じて顔をあげる。

「ねぇ、オルティス様なら、なにになら命をかけられる？」

結局、オルティス様から答えを得ることはないまま、部屋を辞した。

士官学校の生徒なら、脊髄反射で国って答えるもんなんじゃないのかなぁ。どうなんだろう？

◆・◇・◆

一体いつまでここでメイドしてればいいんだろう。ディーは、時期がくれば帰れるって言ってたけど。時期っていつだろう、ディーが迎えにきてくれるのかなぁ。

それにしてもあれだねぇ、料理長、オルティス様の分とわたしら下っ端の料理と、手の込みようが全然違うのどうにかしてくんないかなぁ。スープ一皿とパン二つだけってどうよ？　サラダとメインはどこ行ったのよー。

「ねぇ、リレイって時々、夜中抜け出してるでしょ？　なにしてるの？」

イライアさんに突然尋ねられて、思わず飲んでいた食後の水を吹き出してしまった。

「きたないわねぇっ」

「ゴメンナサイっ」

大急ぎでテーブルを拭きながら、どう誤魔化そうかと頭をフル回転させる。

これは……しらばっくれるしかあるまい！

「で、どうなのよ。抜け出してどこに行ってるの？　屋敷の外には出ていないんだから、屋敷内のどこかよねぇ？」

　オルティス様のところへいってるなんて言ったら、大問題だ！　恋愛脳保持者である彼女に、あの〝目くるめく危険な世界の住人〟にされてしまう！　ぞぞっと鳥肌が立った肌を宥める。

「どこにもいってないよ」

「うそおっしゃい。そんなに目を泳がせて、バレないとでも思ってるの？」

　ひぁぁぁ！　彼女の目がマジすぎて怖いぃぃぃ！　彼女の部屋に連行されて、ベッドのうえに自主的に正座です。

「もう、面倒だから言うけど、アナタ、五番隊の人でしょ？」

　ビシッと人差し指でわたしを差した彼女が、小声で指摘する。

　ディーは確かに五番隊の隊長だけど、わたしはただの従者だから五番隊とは関係ないよね？　首を傾げると、彼女がちょっと慌てる。

「ちょっと！　ただの民間人が、この時期アルフォード様の紹介で入ってくるわけないでしょ！」

「確かにアルフォードさんに連れてこられたけど、ここでしっかりメイド仕事に励んでこいって言われただけですよ？」

　本当のことを答えると、彼女は頭をぐしゃぐしゃと掻き回して、更にわたしを睨み付ける。

「あぁそう！　その割に、あの夜警の中、平気で部屋を抜け出して、さっさと捕まるかと思いきや、全然捕まらないわ。かといって、なにか任務を遂行するのかと思えば、それもしない！　あなた一体なにをしにここにいるの？」

「だから、メイドのお仕事を覚えにきてるんですってば」

と答えると、彼女のこめかみに青筋が浮いた……。ひぃっ。

「じゃぁ、なんで、夜中抜け出してんのよ」

彼女の精神状態、沸点間近ね！　もうのらりくらりと〝目くるめく禁断の世界の住人〟から逃げ出すことは無理っぽい。腹を括って居住まいを正す。

「実は、ある人のところに、夜食をたかりにいっておりまして」

「……夜食をたかりに……」

「ここの食事だと、いくら頑張っても四日が限度です、四日目から空腹で倒れそうになるんです、だから、ある人のところで夜食をいただいております」

「ある人って誰よ……」

「オルティス様デス」

決してひるまず！　照れたりせず！　真正直に答えるべし！　迂闊な反応は、余計な誤解を生むのですっ！

「末っ子んところかい」

「はい。とても素晴らしい夜食なのです、フルコースの如き夜食なんです。スープもサラダも主菜もデザートもついてるんです！　さすがに毎日だと申し訳ないので、我慢の限界である三日ごとにいただきに伺ってるんです」

「じゃぁ、末っ子から夜警の時間帯や順路を流してもらってるのか」

納得しかけている彼女に首を横に振る。

「そんなもの教えてくれませんので、自分でパターンを分析してます」

「どうやって」

イライアさん、怖いです、なにをそんなに怒ってるんでしょう。

でもさすがに、魔法を使ってとは言えないので、誤魔化さないと。

「うーん？　ちょっと待っててください、いま取ってきます」

とりあえず時間稼ぎに、隣の自分の部屋から夜警の時間帯や順路を書いたメモを持ってくる。

「これって」

「もしかして、イライアさんが知りたいのってこういうの？」

メモを見た途端、目を輝かせた彼女に聞いてみる。

「そうよ！　こんなに時間をかけたのに、あたし全然潜入できなくて焦ってたのに、あんたがあんまりひょいひょい夜中抜け出すもんだからムカついて！　真面目にメイドしてりゃ、さっさと部屋付きにされるかと思ったのに、洗濯や東屋の外仕事ばっかりで全然〝仕事〟にならないし！　これがあれば、今月中になんとかなりそうだわ！　ねぇあんた、これ、あたしに譲って！　いえ、譲ってください、お願いしますっ」

「譲ってもいいけど、どうやってこれを作ったかは聞かないでね？　聞くなら、これ燃やすし」

「聞かない！　聞かないわよぉ。誓って、手の内探るような野暮はしないわ。だからお願い、これを譲って！　あたしとリレイの仲でしょ～？」

　という流れで、わたしが雑に手書きした落書きつき屋敷の見取り図に、夜警順路・時間を書き込んであるメモを、彼女に進呈することになりました。そして、彼女にメモを渡した数日後――彼女は忽然と屋敷から姿を消した。

　失踪当日、部屋のベッドに『賃金および労働環境に耐えられません』的なメモが残されていたらしい。まぁ確かに、下っ端のお給料は安いみたいだし、労働環境（主に食事面）はよくないかもね。

「あなたも、さっさと出ていきたいのではなくて？」

　なんて、マージュ夫人に言われるけど、いえいえ、まだ学ぶことがあるので辞めませんよー、というかアルフォードさんが迎えにきてくれるまで帰れません。勝手に辞表なんか出したら、ディーの氷点下の眼差しに刺し殺されそうだし。

　とかなんとか思っていたら、数日後アルフォードさんが屋敷にやってきた。

　曰く。

「我が家のメイドに欠員ができた。無理に引き取ってもらっていたメイドなので、申し訳ないから我が家に戻したいと思う」

　ということで、わたしはその日のうちに屋敷を出ることになった。

　そうか、無理に引き取ってもらっていたのか、だから、下働きな雑用ばっかりだったのか？　まぁいいや、下働きの能力は確実にあがったし！

「いままでありがとうございました！　機会があれば、またよろしくお願いいたします」

そうマージュ夫人にお礼を言ったら、ちょっとびっくりした顔をされて、ほんのすこしだけ柔らかい表情をしてもらえた気がした。

「そのときは、もっとしごきますからね。本家で頑張っていらっしゃい」

「はい！」

深く頭をさげる。すこしだけでも、認めてくれてたのかもしれないと思ったら、凄く嬉しかった。

「いい仕事ができたようですね」

馬車に乗り込み、アルフォードさんがそう微笑(ほほえ)んでくれたが、そんなにいい仕事はできてなかった気がする。

あれから二日馬車で移動している、前に座るアルフォードさんは書類を読んだり、本を読んだりしているので。わたしはぼんやりと屋敷での仕事を回想していたんだけど、はっと思い出した。

「あ！　オルティス様にお別れしておけばよかった！」

せめて、手紙にありがとうございましたのひとつも残すべきだったか！　いやいや、そんなことをしたら、いろいろと詮索(せんさく)されてまずい事態になったか。

「例の末っ子ですか、ご飯をいただいていたという」

「はい！　って、なんで知ってるんですか？」

首を傾げると。

「君の同僚だったイライアがいたでしょう？　あれは、六番隊の隊員です」

「女の人でしたよね？」

「諜報部隊員には、女性も何人かいますから。ああ、秘密ですよ？　非公式ですから」

非公式なものを教えちゃってもいいの？　いや、ちゃんと秘密にしておきなさいっていう、釘をさされただけなのかも。

それにしても、男性しかいないと思っていたから、ちょっとだけ、イライアさんが女装した男の人だったのかと。いやいや別に彼女が男っぽいってことはなかったんだけどね？　ほら、わからない人とか、案外いるから！

「君がくれた情報のおかげで、任務を遂行できたと感謝していましたよ」

あぁ、あのメモですかー。それにしても、任務ねぇ……？　不穏な話をしているときに、馬車が止まった。

あれ？　まだつくような距離を走ってないはずなのに？　行きと同じ道なら、あと一日はかかるはずなんだけどな。

アルフォードさんに促されて、ドアを開けておりると、愛馬を引いたディーがいた。凄く久しぶり！

「ディー！」

思わず走り寄るわたしを、ディーは軽々と抱き上げた。えぇぇ？　さすがにハグとかは考えてなかったんだけど！

「では、デュシュレイ隊長、あとはお願いいたします」

「わかった」

あぁぁ！　馬車が走り去る〜！　荷物おろしてないけど、あとで届けてねー！

「すこし、痩せたか？」

わたしを抱っこしていた隊長が、やや心配そうな声音を混ぜて聞いてきたので、素直に頷く。

「ご飯足りなかったです、早く家に帰ってお腹いっぱいご飯食べたいですっ！」

「そうだな、早く我が家に帰ろう」

そう言う割には、ぎゅーっと抱きしめたまま動かない。

「ディー？　なにかあったの？」

心配になって聞いてみる。なんだか、彼のほうこそ荒んでる気がするんだけど。

「……今日はゆっくり休む」

決意した声。えぇと、今日は、ですか？　とすると、もしかして、明日からまたあの書類……。

いや、いまは考えまい！　いま考えるべきなのは、これから家に帰ってどんなご飯を作るか！　それのみ！

「ディーはなにが食べたい？」

「なんでもいい」

「む……それって結構困るんだけど」

「リオウはなにが食べたい？　それとも今日は町で食べるか？　リオウも疲れてるだろう」

それはそれで魅力的なお誘いだけど！

「でも、一回家に帰って着替えてこなきゃ……。さすがにこの格好じゃまずいでしょう？」

メイド服は返却したので、屋敷にいくときに着ていた青いワンピースを着ている。だから、馬にも跨ることができずに、彼の前に横座りして彼にしがみついてるんだけれども。

魔法で定着させてある黒髪のカツラも、早く取りたい。

「まずくはない、いや、よく似合っている。やっぱりこのまま町で食べよう」

うーん、まぁ、今日ぐらいいいか！　女装してれば、リオウだってバレないよね。

「じゃぁ！　お肉が食べたいです。帰りに果物も買って帰りましょう？」

「ああ、そうだな」

目を細めて見下ろす彼に、笑顔を返した。


「すまなかったな」

「ほぇ？」

夕飯にはすこし早い念願の食事中、さり気なく彼に謝られて、口に入っていたお肉を飲み込む。

「なんのことですか？」

「ロットバルド隊長の頼みとはいえ、お前に囮になるような真似を……」

「ちょっと、ストップ」

な、なんか、いま小声で嫌なキーワードが聞こえてきたんだけど、〝囮〟とかって聞こえた気がする！　いや、気のせいだ、わたしは普通にメイドしてただけ、メイド修業してただけだから！

「謝らないでください。あのね、わたし、ちゃんと魔法なしで洗濯できるようになったし、掃除だって上手になったんですよ？」

「そうか」

「そうです、だから、いいんです」

ニッと笑うと、彼は納得しきれないような顔で、それでもそれ以上は言わないでいてくれた。

食後のほうじ茶を飲んでまったりしていると、彼に手を取られた。彼はわたしの手のひらを見て、それからそっと手を撫でた。

「荒れたな」

「イイ手になったでしょう？」

水仕事ばっかりですっかり荒れたけど、結構嬉しいんだ！　前に、ジェイさんに苦労を知らない手だの、なんだのってぼろくそに言われてたからね、実は結構気にしてた。

ふふふ！　これで、そんなことも言われまい！

得意げに言うと、彼はなにかを探るような目を向けてから、フッと目元を緩めた。

「ああ、いい手だな」

「そうでしょうとも！」

いつもわたしの気持ちを汲んでくれてありがとう、わがままばっかりなのに、許してくれてありがとう。

彼の従者でよかった！　彼もわたしを従者にしてよかったと思えるように、頑張ろう！

「ああ！　お腹いっぱい！」

たらふく食べて、帰り道で果物もゲットして、ほくほく顔で帰宅中。

腹ごなしに、馬を引きながら並んで歩いてます。

「あのねー、あのお屋敷のご飯少ないんですよ。晩ご飯なのに、スープ一皿にパンが二つだけなんて、体力が持つはずありません！」

「割と普通だが、お前には足りないだろうな」

「えぇぇっ、あれが普通？　まさかぁ！　全然足りなかったですよ。三日に一回、お屋敷の人にこっそり夜食を食べさせてもらえなかったら、空腹で目を回してました」

「……」

あ、あれ？　急に涼しくなってきた気がする。

「屋敷の人とはなんだ」

「オルティス様っていう、えぇと末っ子の方が、自分の夜食を分けてくれたんです」

「そいつに飯をもらって、そいつの部屋で、呑気に飯を食べていたのか？」

頷くと、ブリザードが！　ななな、なんで怒ってるんですか！　命の危機だったんですよ！　お腹がすいて倒れるかと思ったんですよ！　彼はある意味命の恩人ですよ！

「リオウは、そいつのことを……」

言いかけて、口を噤む彼の顔が歪んだ。愛馬を引く彼のそんな横顔を見上げ、思わず空いている彼の手を掴む。

「ディー？」

ま、まさか、そんな雇い主のご飯をもらうような非常識な人間は、従者として使うことはできないとかなんとか、そんなこと言わないよね？　すこしのあいだ立ち止まって、真っ直ぐ前を向いていた彼が、ちいさく息を吐いて顔をこちらに向けた。

彼の右手をギュッと握って、彼の目を見上げる。

「あのね、ディー。わたしはまだディーの側にいていいんだよね？」

ぎゅうと彼の手に力が入り、手を持ち上げられてその甲に唇を当てられる。

なにかを誓うように。

「もうどこにもやらぬ。リオウは私の……従者だ」


従者続投が決定し、すっかり安心して手を繋いで帰宅した。なんだか恋人同士みたいで、恥ずかしかったけれど、ディーが離してくれなかったんだもん。

家の前でやっと手を離し、ディーが鍵を開けてくれて元気に家に入った。

「たっだいまー！　……ディー、なんだか、お家が埃っぽいですね」

「ずっと留守にしていたからな」

あぁ、やっぱり！　執務室で寝泊まりしてたなっ！　わたしと暮らすようになる前は、基本的に執務室で生活してたって、ロットバルド隊長から聞いてるよっ。

「掃除するから、ちょっと待っててくださいね」

「ああ」

魔法で埃を集めて外に出し、窓を開けて空気を入れ替える。

「見事だな」

「掃除関係は凄く自信があります！　魔法最高！　向こうに戻っても使えたらいいのにー」

本当の本気でそう思いますよ！　いくら機械があって便利な日本だと言っても、魔法の便利さには敵(かな)わない！　向こうに戻っても魔法が使えるなんてミラクル起こらないかなぁ。

「向こうに、戻る……？」

呆然(ぼうぜん)とした声に振り返ると、ディーのきつい視線がわたしを見下ろしていた。

「え、えと？　ディー……？」

思わず後退(あとず)さる前に彼に掴まり、抱き上げられる。こ、怖い顔のまま抱っこしないでください！

「どこに、戻るというんだ？　あの屋敷がそんなによかったのか？　それともイストーラにか？　ここが家だと言ったではないか」

彼は正面を向いて歩きながら、わたしに質問してくる。いや、わたしに対してじゃなくて、なんだか自分に対して言ってるみたい。それも内容は明後日の方向を向いてる。

「ディー？　でゅしゅれいさん？」

ちゃんと名前で呼ぶと、やっとこっちに意識が戻ってくれたっぽい。

視線を合わせることができた、けど。

「リオウ……」

眇(すが)められた目が、怖――。

「んーっ！」

唇を塞がれて、ぐぐぐっと押し切られそうになるのを、彼の顔を両手で押さえて阻止すべく、全力を尽くす。

またいつもの、魔法の効果を無効にするための血の盟約ですか！　なぜ、このタイミングで！

「んぁっ……！」

必死で彼の顔を押さえていた手を簡単に外されて、びっくりした瞬間に、唇が緩んで侵入を許してしまう。

いつも思うんだけど、こんなにしょっちゅうしなきゃならないなら、いっそのこと、血を飲んでください。途中から抵抗を諦めて、彼のするがままに任せる。

「……………ディーの……馬鹿」

たっぷり時間をかけたキス。いえいえ、血の盟約のせいで、すっかり腰砕けですよ。

恨み言のひとつや二つ当たり前ですっ！　乙女の唇をなんだと思ってるんだーっ！

膝の立たないわたしを抱き上げたまま、台所へと入った。こんなピンチでも、しっかりと持っていた果物入りの袋を、彼が取り上げてテーブルに置いてくれた。

「あ、切って冷凍箱に入れないと」

わざとらしくそんなことを言いながら、もぞもぞと彼の腕の中からおりようとしたが阻止された。

「明日でも大丈夫だろう」

「駄目です！　わざわざ完熟したの買ってきたんだし。いまから冷やしておかないと明日の朝、食べられないじゃないですか。楽しみにしてたのに」

　これは妥協できないのです！　フローズンな果物を作るために、冷凍箱の温度だって、凍りすぎないように試行錯誤したんだから！

　緩んだ彼の腕からおりると、膝が笑って転びかけたところを、彼の腕が支えてくれた。

　ううっ、ディーがあんな、キ、血の盟約をするからだっ。恨み言は胸の中で吐いて、わたしを支えてくれている彼にお礼を言う。

「ありがとうございます……あの、もう平気ですよ？」

　すぐにしっかり立てるようになったのに、腰から手を離してくれない彼に、手を離してと視線で訴えかけたけれど。駄目だ、この目は引く気がない！

　諦めて、彼をくっつけたまま台所に立って果物を洗い、切り分ける。くっついているのに上手に邪魔にならないようにするって、どんなスキルなんだろう。無駄スキルだけど。

「ディー、はい、あーん」

　切り損じた一切れをつまんで彼の口元に差し出せば、素直に口を開いてくれて、パクリと……。

「……ディー、指は食べないでください」

　指先についた果実の汁まで舐めた彼は、ちいさな音を立てて指を離してくれた。その音が、さっきの血の盟約のときのリップ音と似ていて、思わず頬が熱くなる。

　その顔を見られたくなくて、すぐにまな板のほうへ体を向ければ、腰に回されていた腕の力が強くなり、うしろに引き寄せられ、すっぽりと彼の腕に囚われた状態になってしまう。

「あんまり邪魔したら、怒りますよ」

キリッと眉をあげて怒りをアピールして彼を見上げるが、彼はまったく懲りるようすがない。仕方なく、その状態のままで作業して、なんとか冷凍箱にフルーツをおさめた。

「よしっ！　これで、明日には、久しぶりの冷凍フルーツが食べられますよっ」

達成感にガッツポーズを作っていると、さっきまではくっついてはいたけれど邪魔はしなかった彼が、ひょいっとわたしを抱き上げた。

「うわわっ！　ちょ！　ディー？」

「ちゃんと待った。次は私の番だ」

犬の待てじゃないんだから。……いや、かなり犬っぽいかも、それも大型犬だよね。基本的には忠実なのに、これと決めたことにはテコでも動かない頑なさ。

納得しているうちに抱き上げられて、居間のソファへ移動された。そして、そのまま彼の膝のうえに横向きに着席させられたうえに、腰にはシートベルトのように彼の腕が回る。

「……ディー」

思わず低い声で彼の名を呼んでしまうが、彼の譲らない空気を感じて諦めた。窓から入る夕日が部屋をオレンジ色に染めているのに気付き、彼の肩に腕を回して体を預け、肩口に顔を乗せて部屋を眺めた。

ああ、そうだ。この部屋は、こんなふうに温かい色合いに染まるんだった。

ホッとして体の力が抜ける。なんだかんだ言っても、ディーの側にいるときが一番安心できるんだよね。こうやって逞しい体にくっついてると、守られてる感じがしてなんだか……しあわせな気分になってしまう。

いつかきっと、遠くないうちに、日本に戻らなきゃならないんだから、こんなふうに、しあわせを感じちゃ駄目だよね。だって、ずっと一緒にいられないんだから。

胸がギュッと苦しくなったことに、気付いちゃいけない。

お互いの呼吸が聞こえる距離で、服越しに温もりを感じながら、ただ静かに夕日から夜へと移ろう部屋を眺めていた。

「リオウ、結婚しよう」

一際夕日が輝いたとき、低い声に耳元で囁かれ、その言葉の内容に思わず固まった。

結婚？　って言った？　え、いや、まさか。聞き間違いに決まってるよね。

「え、っと、ディー？　いま、なんて？」

思わず体を離し、彼の膝のうえという至近距離で、彼と目を合わせてしまった。

動揺して聞き返しちゃったけれど、聞こえないフリすればよかった！

「結婚しよう」

右手を取られて指先に口付けされ、ゆっくりとあがった視線がわたしの視線を捕まえる。

胸が、息苦しいくらいドキドキとする。でも、駄目、駄目！　きっぱり言い切られたけど、だって、わたしまだ高校生だし！　そもそも、こっちの世界の人間でもないもの。

「えぇと、わたしたち、まだ出会ってから半年も経ってないですし。お、お付き合いすらしてないじゃないですか」

手は囚われたまま、視線を外してなんとか口を開いたけれど、声は自分で思うよりもずっと弱々しくなってしまった。

「そうだな。それでも、私はリオウと共に在りたい」

握られた手がすこしだけ強くなるが、真剣だけどわたしを追い詰めるような激しさは抑えられていて、真摯にわたしに伝えようとしてくれている。

ええと、ディーってこんなんだったっけ？　刺すような視線が得意で、数字関係の書類が苦手で、剣が強くて、家事なんてする気はかけらもなくて、それどころか、仕事重視で家にもなかなか帰らないで。ちゃんと見張ってないと食事も適当で、そのくせいい体しててわたしなんか軽々と持ち上げちゃって、そのうえ、キス魔……ええと、それは魔法を効かなくするとかなんとかって理由はあるけど、それならジェイさんや王様みたいに血を舐めちゃえばいいのに、ソレは拒否される、拒否しておいてキスをしてくる。

あぁぁ！　そうじゃゃなくて！

結婚！　結婚してって言ったよねこの人！　なんで結婚！　一足飛びに結婚！　これはアレ？やっぱりわたしが魔術師だから紐をつけておこうとか、事務仕事もできていろいろと便利だから手元に置いておきたいとかじゃないのかな！　うん……それが一番納得できるよね。

凄く納得したけれど、胸がズキズキと痛んで唇を噛みしめた。わたしを利用するために、結婚までするなんて、ディーの国への忠誠心って凄い、よね。

「ディーは、なんで、わたしと結婚したいと思ったの？」

胸のうちで出した、きっと正解だろう結論を隠して、逸らしていた視線を彼に戻す。もし、動揺したり、ウソついたりしたら、きっと視線が彷徨うはずだもん。

ディーの視線が、ひたりとわたしに定まる……ううん、きっとずっと、わたしを見てたんだ。

「ずっと、お前と一緒にいたいと思ったからだ。仕事だろうが、もう二度とお前を離したくない。私がすぐに駆けつけられない場所に置きたくないんだ。このひと月のあいだ、リオウのことばかり考えていた。お前を迎えに、何度ティス家に乗り込もうと思ったかわからない」

彷徨うだろうと思った視線は、わたしを射貫いたまま微動だにせず、息苦しくさえ感じる。

こ、この人はっ！　は、は、恥ずかしげもなく……もないのか？　ディーの耳が赤いのは、夕日のせいじゃないみたいだ。でも、多分わたしの顔も、彼に負けず劣らず赤くなっているはずだ。

生まれてこのかた、お付き合いした人なんていない。好きになった人すらいないわたしに、なんでこんな大人の男の人が、こんなに真剣に好きって言ってくれるんだろう。す、すきって！

もう彼を見てられなくて、再度彼の肩に逆戻りした。

恥ずかしい！　たまらなく、恥ずかしい！

握っていたわたしの手を離した彼は、恥ずかしくて悶絶しているわたしを励ますように、背中を優しく叩いてくれる。こ、こういうところ、子供扱いだよねっ！　はっ！　もしかして、わたしが気になってたのって、子供を見守る的な感じじゃないのかなっ。きっとそうだよ！

でも、これはマズイ！　わたし、ずっとここにいるわけじゃないし。委員長が迎えにきたら日本に帰るんだから。だから、どうしたってディーと結婚なんかできるはずないんだってば！

だけど、それをそのままディーに言うっていうのは、さすがにできない。

ここは違う世界からきましたなんて、結婚を嫌がってタチの悪いウソをついてるようにしか聞こえないと思うし！　だから、なんとか穏便にはぐらかす方法は……あ！　そうだ！

「ディー！　あのですね、わたし未成年なので、保護者の同意がなければ結婚できません！」

ガバッと体を離して宣言したわたしに、ディーがポカンとする。

「未成年、なのか？」

「はい！　成人まであと二年ちょっとあります！」

ただいま一七歳なので！

「二年以上……」

これだけ猶予があれば委員長も迎えにきてくれるでしょう！　呆然としているディーに、申し訳なさを感じながらも、はっきりと繰り返す。

「はい、二年以上です」

だから、結婚するなんて言わないでください。ディーのそれは、好きじゃなくて保護欲とか父性ってやつですから……きっと気の迷いも、二年もあれば自覚するよ。

がっくりと俯いたディーは、肺の中の空気をすべて吐き出すように深くため息を吐いた。

「わかった、二年だな」

グイッとディーの腕の中に囚われ、倒れ込んだ腕の中から見上げたディーの目が鋭く光る。

え？　あれ？　なんですか、そのやる気満々なお顔は……。

「二年もあれば、私のこの思いを、思い知らせることができるな。覚悟しろリオウ、愛している」

覚悟しろなんて、そんなの愛の告白じゃないやい！

ディーの膝からおたおたと逃げ出すわたしの耳に、くつくつと愉快そうに笑う声が聞こえたのは気のせいなんかじゃないはずだ！　ディーの馬鹿ぁぁ！

自室に逃げ込んでベッドに潜り込んだが、彼の低い声が何度も耳に蘇って、その度に何度も寝返りを打って悶絶してしまった。

それにしても、昨日のあれはなんだったんだろうな。

今朝起きてみれば、メイドにいく前と同じ日常がはじまって、ディーもいつもどおりだった。

まぁ、態度が変わってても、どうしていいかわからないわけなんだけど！

それにしても昨日言ってた〝今日は休む〟って台詞、本当だったんだなぁ（遠い目）。

「リオウ、黄昏るな、手は動かせ」

「……了解、ボス」

いつの間にやらわたし専用になってしまった空き机のひとつに、書類の山が二つもあったから、嫌な予感はしてたんだぁ。まさか、本当にそれが、わたしの分の仕事だなんて、ね？

ディーの鬼ぃぃぃぃ！　窓から大声で叫びたくなったよ。

でもまぁ、さっき小休憩したときに、こっそりアルフォードさんから「リオウさんがいないあいだ、デュシュレイ隊長は、ずっと泊まり込みで仕事をなさってたんですよ」なんて聞いてしまえば、あまり強くも言えないよね。

それでも、泊まり込みでやってる割に、なんで数字関係の書類こんなに残ってるのよ。どんだけ数字が苦手なんですか！　って、言いたくなるのはしょうがないじゃなーい。うう、自分の能力の限界にチャレンジだ！

一心不乱に計算を入れるべし！　計算を入れるべし！　計算を入れ……ああもうっ、切実に電卓が欲しい、百歩譲ってソロバンでも可。

「みなさん、お茶の準備ができましたよ。休憩にいたしましょう」

「は、はい？　あ！　もうお昼！」

アルフォードさんの声に、慌てて顔をあげれば、空いている机に、すっかりと昼食の準備が整っていた。

「アルフォードさんごめんなさい！　気がつかなくて！」

とにかくなにか手伝おうと、彼のもとへいくけど。すっかり準備は終わってますね。

「かまいませんよ、リオウさんはリオウさんのできることをなさってるんです。それに、我が主（あるじ）からもよく言われてますから、気にしないでください」

「でも！　わたしも従者なのに」

言い募るわたしの頭を、うしろから伸びてきた大きな手のひらが撫でる。

「かまわぬよ。リオウはよくやっている、アルフォードも好きでやっているのだ、気にしてやるな」

ロットバルド隊長の言葉に、アルフォードさんを見上げれば、同意するように頷かれた。

「さぁ、それよりも腹ごしらえだ！」

ロットバルド隊長は軽食を盛ってある空き机にイスを移動させて座ると、早速そこにあったフォカッチャのようなものに手を伸ばす。

「リオウさんも早くしないと、なくなりますよ」

アルフォードさんに促されて、イスを持っていく。あ、ディーもちゃっかりもう食べてるし！

「いただきます！　んまい！」

「……せめて、おいしいと言え、リオウ」

固めの生地に挟まれてるお肉がジューシー！　ぴり辛のソースも食欲をそそられます！　お好みでソースの辛さを足せるんですか？　素敵です！　え？　そっちのは甘辛ソースで、それは酸っぱいソース？　全部食べたいです！

「はぁぁぁぁ～！　ご馳走様でしたぁぁ」

おいしかったぁ、食後のお茶をちびちび飲んで、しあわせな余韻に浸る。

ディーは午後から訓練に行ってしまったけれど、書類はまだたっぷりあるので、わたしだけ執務室で計算仕事をするために、残ることになった。

「今日も素晴らしい食べっぷりでしたね。片付けは私がしますので、リオウさんはどうぞ休んでいてください」

　アルフォードさんがクスクスと笑いながら、あっという間にテーブルを片付けて、食器を手に給湯室に入ってしまった。用意のうえ、片付けまでさせてしまったぁ……っ！

「これじゃぁ、賄(まかな)い飯じゃ足りないのも無理はないな」

「あれ？　ロットバルド隊長も知ってるんですか？」

　思わず尋ねると、彼はニヤリと笑ってネタばらししてくれた。

「もちろん、報告は受けているからな。目眩(めくら)ましとして、アルフォードの紹介でリオウにメイドとして入ってもらったおかげで、無事にイライアの任務は果たされたが、結果として、随分時間がかかってリオウには迷惑をかけたな。潜入捜査の補助として、日数分の手当にプラスして特別手当も支給するから勘弁してもらえるか？」

　いやいや、メイドさんのお仕事してただけなんですけどね。うわぁ、そう考えると、イライアさんが脱走して、すぐにアルフォードさんに引き取られたから間違いなく関与を疑われそうなんだけど、大丈夫なのかな？　大丈夫だよね？

　ロットバルド隊長に手招きされて近づくと、一枚の紙を手渡された。

「給与支払い明細書？」

「ああ、今回の報酬だ。これを財務の窓口に持っていけば、今回の依頼の代金を支払ってもらえる。いろいろ面倒があるから、給与という形にさせてもらった」

「報酬、ですか？」

六番隊の依頼で丸一ヶ月のあいだメイドはしてたけれど、まさかお給料がもらえるなんて思わなかった。その前に、ディーの従者なのにいいのかな？　副業になるのでは？

「デュシュレイのほうには、リオウに直接支払うことは、伝えてあるから大丈夫だ」

給与の支給明細書ひと月三〇万、プラス特別手当五万で、三五万！

「こ、こ、こんなにもらっていいんですか？」

手にした明細の金額の多さにびっくりして、あたふたする。

「それだけの仕事だった、ということだ。正当な報酬だから、受け取ってくれ」

ロットバルド隊長の大きな手で頭を撫でられ、ありがとうございますと感謝をして、ありがたく受け取ることにした。

こっちの給与明細ってこんな感じなんだ。前に見せてもらったことのあるお父さんの給与明細は、基本給に職能手当と残業手当や保険料や所得税などいろいろな項目があったけれど、わたしがもらった様式は本当に単純なものだった。

そういや、ちらっと見たことがあるディーの給与明細もシンプルだったな。……って、あれ？　なんかいま、凄いことに気付いちゃったぞ。

「これが、妥当な金額なんですよね？　え？　あれ？」

ごそごそと、ディーの机の一番下の引き出しを開けた。大丈夫、机は勝手に開けてもいいとの了承は得ているから！　駄目なのは一番うえのちいさな引き出しだけだから。

引き出しの中には、適当に重ねられた、彼の給与明細が詰まっている。そういえば以前、手が空いたら整理しておけと言われていたけれど、なかなか手をつけられないんだよね。

一番うえに無造作に置かれた、最近の明細を取り上げる。

ディーの明細、基本給が三〇万で、物品として一〇万と、更にその他一〇万引かれて、手取り一〇万って書いてある。おかしいよね！　これおかしいよね！　前は、こんなもんかなって思ってたけど、違うよね！　大体物品一〇万ってなに？　隊服って書いてあるけど、毎月一〇万円分も隊服を買うってどういうこと？　家にそんなに大量の服なんてないよ、その他一〇万については内訳すら書かれていないし。

「どうした？　リオウ」

険しい顔をしているわたしに、彼が気付いて声をかけてくれた。

ちょっと躊躇（ちゅうちょ）してから、ディーには悪いとは思ったがその明細をロットバルド隊長に見せる。

「ロットバルド隊長、隊服って毎月購入するものなんですか？　それに、その他って、内訳や詳細（しょうさい）もないんですけどこういうものなんですか？」

「それ以前に、基本給が三〇万というのは、低すぎるな。隊長クラスの基本給の最低は、五〇万のはずだ」

彼の表情が険しくなる。そして、わたしも緊張する。

「他の明細はあるか？」

「はいっ」

ディーが、溜めにためていた明細全部を引っ張り出して順番に並べた。なんと、ディーがまだヒラだった頃からの明細があったんだけど、その物持ちのよさは置いておいて、内容が大問題だ。

「基本給がほとんどあがってないですよ」

「そのくせ、天引きされる金額が増えてるから、手取りは昔の半分以下」

ロットバルド隊長とわたしは、顔を見合わせてなんとも言えない顔になる。

「ここまでくると凄いな」

「数字に弱いのも、ここまでくると見事ですね」

「いやさすがに数字に弱くても、コレは見ればわかるだろう、単純に、頓着していないのではないか？　内容すら見ていないのだろうよ」

そういえば、ディーが明細を見もしないで引き出しに放り込むのを目撃したっけ。それを指摘したときに、整理しておけって言われたんだ。ロットバルド隊長がうぅむ、と唸って沈黙してしまった。

「どうしましょうこれ、明らかにおかしいですよね。これをもとに財務でお金を出してるのに、財務の人もなにも言わないって、どういうことなんでしょう」

「そもそもこの明細自体、発行が財務局だしな」

確かに左上に発行部署が書かれている。ちなみに、わたしのはイフェストニア国軍六番隊発行となっている。

いや、そんなことよりも、いまはディーの給料のことだよ！

「そうすると、組織的にディーの給与を、不当にさげてるってことでしょうか？」

何枚もの明細を捲る彼の眉間にあった皺が消え、その頬に凶悪な笑みが宿った。

ひぃぃっ！　怖っ。

「さすがにそりゃぁないだろうが。あそこはティス家の長男がいる部署だな。これだけ昔からやっているなら、今回のこととはあまり関係がなさそうだが、折角だから洗っておくか。リオウもそのほうが安心だろう？」

くっくっくと低く笑う彼に、嫌な予感がする。

「は、はい？」

「なんだ、その気のない返事は。安心しろ、不当に減額されていた給与に上乗せして搾り取ってやる。さぁ、忙しくなるぞ！」

やる気満々の彼に引きずられるように、ディーの不当給与事件の調査がはじまることになってしまいました。

よくよく考えると、正当な仕事に対する正当な報酬は当然のことで、それを不当に減額するなんてもってのほかで、考えるにつけ、怒りがこみあげ。結果、わたしもやる気満々です！

「隊服に一〇万というのはありえませんね。祭典用でしたら、こんなに安くはありませんし、平時に着用するものでしたら、四万もあれば一式揃いますが、毎月は購入しないですね」

片付けを済ませたアルフォードさんも加わった。

「式典用だって、危機管理の観点で二着しか持てないしな」

この物品の隊服一〇万というのは、ありえないだろうと二人共声を揃えて言う。

「家にも毎月買っている程の量の隊服はないです」

駄目になったものは捨てるにしても、毎月一〇万分も服を買ってたら、あふれかえってると思うんだよね。

「財務局に行って、なにを購入しているのか聞いてみます！」

最新のディーの給与明細を掴んで、隊服の継続購入を止めるべく財務局へ行こうとしたところ、ロットバルド隊長に止められました。

「まぁ焦るな、まずはデュシュレイに確認してからだ。なにか理由があってのことならば、恥をかかせてしまうからな。アルフォードちょっと、デュシュレイを呼んできてくれ」

「承知いたしました」

綺麗に一礼して執務室を出るアルフォードさんを見送り、ロットバルド隊長の説明に納得する。もしディーの了解のうえで行われていることなら、わたしが勝手なことしちゃったら、ディーの顔に泥を塗ることになるんだな。

「十中八九、違うだろうがな」

「え？」

ぼそりと、言った彼の言葉を聞き返せば曖昧に濁され、二人を待つあいだに、給与明細をまとめておくようにと指示された。確かにまとめておいたほうが、仕事がしやすそうだ。

先程並べておいた束を、年ごとに紐で綴る。できあがった束は九つ、九年分の給与明細があった。

「ロットバルド隊長、なにかありましたか？」

「おお、ちょっとな。こっちへきてくれ」

機嫌のよさそうなロットバルド隊長が、ディーに給与のことを確認する。

結論。ディーは明細について、おかしいなと思いつつ、こんなもんかと放置しており、毎月服を買ってるということもないし、その他で天引きされている一〇万についても心当たりがないということだった。

「よく、気付かずにいたな」

「生きていく分があればよかったので、金額について気にしたことがありませんでした」

さすがに呆れるよ！　執務室にいた三人からの視線に、気まずそうに顔を逸らしたディーだけど、わたし財務局だけが悪いわけじゃない気がしてきちゃったよ。もちろん一番悪いのは財務局だけど。

「よくわかった。あとは、こちらが動くから、デュシュレイはいつもどおりにしていろ」

ロットバルド隊長に、心配そうな顔のまま強引に訓練に戻されるディーを見送る。

「さて、そういうことなら、手加減はいらんな。リオウ、これを持って財務局で斡旋品について確認してこい」

「確認するだけでいいんですか？」

「向こうの出方を見たいからな。もし、不備を認めて、過去の分についても精算するなり、誠意を見せるならば話し合いでいいだろう。もしそうでないなら――」

「そうでないなら？」

ロットバルド隊長が、ニヤリと笑う。

「それなりの対応をさせてもらおう」

怖っ！　わたしは一番新しい給与明細を掴んで、給与のことは知らないうえでの行動というふうに装って、窓口へ向かった。

「はい、斡旋品のことですか？　あ、あぁ、デュシュレイ・アルザック隊長の分ですね、そ、それでしたら担当の者がおりますので、少々お待ちください」

え、ええと？　妙にどもってますけど、お姉さん大丈夫ですか？　それに、担当なんて決まっているものなの？

立ったまま待たされること数分。奥のほうから、きっちりと制服を着た三〇前後の男性が、ゆっくりとした足取りできた。待ってるんだから、すこしは急いでくれればいいのに。

「私がデュシュレイの担当だが、貴様は？」

キサーマ？

「ディ……でゅしゅれい隊長の従者をしております、リオウと申します。本日は毎月購入してます、斡旋品のことについて確認したいことが――」

「あぁ、斡旋品のことならば、確認は不要だ。お引き取り願おう」

それだけ答えて、すぐさま奥に戻ろうとするヤツを慌てて引き留める。

「なんでですか！　購入するのはこっちなんですよ？　確認が不要って、意味がわかりません！」

男ははぁ、とわざとらしいため息をついて、またこちらを向いた。

「年はじめに、毎月購入する旨の書類が提出されている。あぁ君、出してくれ」

先程受け付けをしてくれた女性に、なにやら書類を持ってこさせる。

それを、わたしの目の前にぺらりと広げ、あくまでわたしが触れないように、離して見せられたそれを食い入るようにチェックする。

確かに斡旋品目に隊服と書かれていて、署名もされてる、だけど！

「あの、これっ、ディ……でゅしゅれい隊長の字じゃないです！」

「だからどうした、誰かが代筆を頼まれたんだろう。さあ、わかったらもういいだろう！　もし継続購入したくないのならば、また年はじめにそう申請しろ。これ以上仕事の邪魔をするなら、警備を呼んで突き出すぞ。だから平民出を隊長なんぞに据えるのは反対だったんだ、物知らずどもが」

ばっと書類を翻し、苦々しげに言い捨てると、反論する間もなく奥へ引っ込んだ男に、ぽかーんとしてしまう。え、ええと？

「申し訳ありません、そういうことですので、お引き取り願えますか」

「そういうことって、どういうことか、意味がわからないです」

申し訳なさそうに言った受け付けの女性に、ゆっくりと視線を移す。

「あれが、まかり通るんですか、ここって？」

「申し訳ありません」

思わず低い声になったわたしに、彼女が頭をさげる。いやいや、謝られても。

「ちなみに、いまの人の名前を教えてもらってもいいですか？　また、次回お話を伺いたいので」

「あの方はイルティス様ですが、あまり呼び出さないほうがよろしいかと」

イルティス？　うわぁ、まさにティス家の長男だ。

それにしても腹立たしい対応だよね、あれがまかり通ってるんだから、ここのレベルも知れたものってことなのか？　怒りに足音を荒くしながら仕事部屋に帰る。

「どうであった？」

「どうもこうもないですよっ！」

聞いてくるロットバルド隊長に、財務局での一連の出来事を伝える。

あ、ロットバルド隊長超嬉しそう。

「まさか本当にティス家の長男が関わっているとはな。これはいい」

「ティス家の長男って、ここに勤めてたんですね」

「そうだ、長男があの財務局のイルティス、次男が近衛騎士をしているフォルティス、そして士官学校に通っている三男のオルティスだ。一昨年くらいにイルティスが爵位を継いだから、一応男爵だったはずだ。そして財務局のナンバースリーの位置にいる」

貴族かよっ！　いや、貴族なんだろうな。平民出って、ディーのことを馬鹿にしてたもんな！　そして財務局で、そんなうえのほうにいるなら、やろうと思えば無茶もできそうだよね。

「さて、その書類だが、まぁ間違いなく偽造だろう。だが、そこを指摘したところで、書類の証拠を残さずに破棄されて、次月から斡旋品を停止するというだけで終わりそうだな。この不正な基本給の検証をしたいところだが、どこまでうえの人間が関わっているかによるな」

ロットバルド隊長、楽しそう。

「財務局にある給与の台帳を閲覧してくるかな」

「給与の台帳ですか？」

「ああ、規定で定められた給与額が載っている台帳だ、もし減額や増額があれば、内容と共にすべて記載されているから、デュシュレイの給与額が三〇万しかない理由もわかるだろう。局外の人間への閲覧は認められていないが、まぁなんとかなるだろう」

凶悪な笑みに、一体どうやってなんとかするのか、恐ろしくて聞けないけれど。六番隊は内緒のお仕事が得意だと以前言っていたから、きっと、こっそり内緒でなんとかするんだと思う。まさか、無理矢理押しとおるなんてこと……ないよね？

「それよりも、今日はいいのか？　茶」

「え？　あ、あああっ！　時間っ！」

危ないあぶない！　修練場で訓練しているディーのところに、休憩のお茶を持っていくの忘れるところでしたよ！　お茶の入ったポットを持って廊下を急ぎ足。ロットバルド隊長のおかげで、すっぽかさずに済んでよかった。

「遅かったな。なにか、わかったのか？」

ちょっと息を切らせてディーのところにいくと、すでに休憩に入っていた。

「それは……いまは、ちょっと」

怒りをぶり返しそうなので、言葉を濁したわたしの頬に、彼の手が伸びてきた。

「無理はするな。リオウもちゃんと休め」

労わるように頬を撫でられ、差し出していたコップを取られる。ああもうっ、勝手に熱くなるな顔よ！　熱よ、おさまれー！

胸の中で頑張って気持ちを落ち着けながら、彼のコップにお代わりを注ぐ。

好きだとか、結婚したいとか言われて、平気でいられるかってんですよ！　乙女な女子高生を舐めんな。と、心の中で叫んでおきます。本人には言えません、恥ずかしくて言えません。

早々に引き上げて、二階にある執務室へ戻る途中で、思わず悲鳴をあげるところでしたよ！　な、なぜオルティス様がこんなところに！　学校はどうした。

階段をおりてくるオルティス様、階段をあがっているわたし……ここで急に進路変更したら怪しまれること請け合い！　なので、顔を俯けて、階段の端に寄る。

向こうはあからさまに貴族っぽい服を着てるし、一緒にいる人も近衛騎士の制服だから、道を開けるのになにもおかしいことはない。

こちらは男装で従者姿だから、行きずりの従者如きに声をかける貴族なんて見たことないし、大丈夫！　きっと大丈夫。わたしは壁の一部です。

「そうか、二匹共引き上げたか」

「はい、ひとりは夜逃げ、もうひとりも本家が引き取りにきました」

「それで、なにも変わったことはなかったんだな？」

「そうですね、盗られた物品等はありませんでした、が……」

階段をおりてゆく二人の背中を見つめる。なにやら不穏な会話ですね？　さっと周囲に視線を走らせ、操駆をして〝光学迷彩・全方位〟を自分にかける。これで、誰の目からもわたしは視認できない。

足音を殺して二人についてゆく。先をいくオルティス様が周囲に人がいないのを確認し、小声で横にいる男に伝える。

「本家から斡旋された娘が、ウチの警備をかいくぐってました」

「それは、本当かっ」

焦る声にオルティス様が頷く。

「三日に一度ですが、夜に所用で私の部屋に呼び出しておりました。が、その際に一度も警備に見つかることなく、私の部屋までたどり着いてましたから」

「密偵にしては迂闊だな、もし捕まらないだけの能力があったとしても、怪しまれないようにするために、一度や二度、警備に見つかるなりなんなりするものだろう。……それにしても、お前が部屋に招くとは珍しいな、その女が気に入ったか」

近衛騎士の男が、口元を下品に歪める。

いやいやいや！　単にご飯を食べにいってただけですってば！　わたしが内心憤慨していると、オルティス様はすこし眉をあげて不愉快そうな顔をする。

「兄上の考えているものとは違いますよ。彼女とはそういう関係ではありません」

「彼女ねぇ。敵の手の者に情を移すなよ。まぁ、寝首をかかれん程度に遊ぶのはかまわんが」

あそ、遊ぶってなんですか！　それにしても、その人は兄上なんですか。ということは、長男はあのいけ好かない財務のおっさんだから、この人が次男？　そういえば、前に修練場にわたしを探しにきた人だっけ？　近衛騎士の、フォルティスだっけ？　立ち止まって、あのとき見た顔を思い出そうとする。

　チャキッ――。剣を抜く音がして、振り向きざまにオルティス様が剣を一閃した。

　立ち止まっていたのが幸いして、剣先が左肩を掠める程度で済んだし、びっくりしすぎて声もあげなかったのがよかった。

「どうした、オルティス」

「いえ、なにか気配がしたものですから」

　剣を鞘に戻したオルティス様だったが、なにも見えないはずの空間に視線を合わせたまま、目を離さなかった。うそだ、バレるはずなんてないのに！　片手で口を押さえ、必死に声を耐え、もう片手で、切られた左肩を押さえる。

　……背中を冷や汗が伝い、クラクラするけれど、ここで倒れて物音を立てるわけにはいかない。根性で足を踏ん張る。

「気のせい、だったようです」

「そうか。一応ここも王宮内だ、人が見てないとはいえ、無闇に剣を抜くものじゃない」

「すみません、兄上。ところで、兄上が探していたクリップの考案者とは、接触はできたのですか？　是非、我が家に招いて、能力を活かして欲しいという」

　立ち話をする二人に、左肩を押さえて息を詰める。なんだよ、クリップの考案者ってわたしじゃないか。家に招くとか、絶対にごめんだ！

「見つけることはできたが、接触はできなかった。それに、そいつは狂犬の子飼いだったうえ、金のなる木であるクリップの権利を放棄していた。なにが、大衆に広く使われればいいだ！　利権を手放した平民などに用はない。胸くそが悪い、もうアレの話題は出すな」

吐き捨てるように言ったフォルティスに、オルティス様……いや、肩を切られたんだ、もう呼び捨てで十分だ。オルティスが、怪訝な顔をした。

「才能に援助するために、探していたのではなかったのですか？」

そう言った彼に、フォルティスが鼻で笑う。

「だからお前は、青二才なのだ。きれい事の裏くらい読めるようになれ。お前も卒業すれば、金策に走らねばならぬのだぞ。我が家の再興のためにな」

「再興ですか……。我が家が、イストーラの貴族であったのは、もう四代も昔のことでしょう。今更戻ったところで、魔力もない我が家系が、どうこうできるとは思え――ぐっ」

無言でオルティスの腹を殴ったフォルティスが、腹にぐりぐりと拳をめり込ませながら、オルティスの襟首を掴んで引き寄せる。

「愚図の分際で、兄に意見するのか？　平民の女を囲ったせいで、くだらぬ知恵でもつけたか」

「そう、いうわけではありません。差し出がましいことを言い、申し訳ありませんでした兄上」

謝罪するオルティスから手を離し、年少者を励ますように肩を叩いて歩き出したフォルティスに、数歩遅れて歩き出したオルティスはとても悔しそうな顔をしていた。

二人がいなくなり、ホッとして左肩を押さえた手を外してみると、手のひらにべっとりと血がついていた。驚きすぎて痛みはあまり感じていないんだけど、ハンカチで傷口を覆(おお)って強く押さえる。

大丈夫、痛くない、痛くない、痛くない。あぁ、そうだ魔法で治せばいいんだ。

操駆して、傷口に手を当て〝頑張れ白血球〟と唱えると、血が止まり、痛みが引いてゆく。手を退(ど)かすと、こんもりしたピンク色の傷口になっていた。ショックが大きいせいか、イメージが決まらず傷が完璧にはなくならなかったけれど、まぁ、これだけ治れば十分か。

まだ〝光学迷彩〟は解除できないよね、切られた肩口とか血がついてるし、関係ない人に見られたらどう説明すればいいかわからないもん。

ああ、それにしても疲れたなぁ。

階段の踊り場の、人の通行の邪魔にならない隅(すみ)っこに腰をおろして、膝を抱える。ちょっとだけ、ちょっとだけ休憩しよう。そうしたら、きっと元気になるから。


「っ！　リオウ！　リオウ！　どこにいる！」

うわずるディーの声に、目を覚ました。

「ディー？」

「リオウ！　ここにいるのか！」

あぁ、寝ちゃったのかわたし……。目を開けると、すっかり暗くなっていてびっくりした。

踊り場でキョロキョロしている彼のようすで、光学迷彩を解除していないのに気付いて、慌てて操駆して、魔法を解除する。

「リオウ！」

突然姿を現したわたしを、驚きもせずにギュッと抱きしめた彼は、まるで縋るように強い力でわたしを腕に囲う。

「リオウ、リオウ！」

ど、どうしたんだろうディー。寝ぼけた頭で、なぜ自分がここにいるか思い出した。

「ディー、ちょっと苦しいです」

彼の背中に手を回しギュッと抱きつくと、きつく抱きしめていた腕を解かれる。

「リオウ、さっきの消える魔法はもうやめてくれ……頼む」

真剣な視線に射貫かれて、反射的にこくりと頷くと、頬にキスを落とされた。どれだけ探し回ってくれたんだろう、心配かけてごめんなさい。

足が痺れて立てなかったので、手を貸してもらってなんとか立ち上がる。

「リオウ、これはどうしたんだ」

切られた左肩と血痕を、見咎められる。傷口は治したけど、明らかに切られた跡だもんな。

「誰かに襲われたのか！　早く医務室へ行かねばっ」

「もう治したから大丈夫だよ、ちょっとびっくりして、腰抜けちゃったみたい。でも休んだら元気になったよ」

「治した、のか」

そう、だから大丈夫だよ、ちょっとびっくりしただけ……それだけだから。だから大丈夫、だよ。

ちゃんと笑顔で返事できたかな、ああ、駄目だもう、意識が…………。

気がついたのはベッドの中でした。

首の下には固い枕……枕じゃない、これは腕だ。太く逞しい腕に、腕枕されてる。

うしろから重なるように温もりを感じるのは、間違いなくディーだ。そして、問題はわたしの服装が、下着と加圧シャツのみとなっていることだろう。シーツの肌触りでズボンもシャツも脱いでいることがわかる。大問題だ。

「気がついたか、リオウ」

低い声が頭上から聞こえ、腰に回された腕に力が入っていっそうくっつかれる。わ、わかりますよ見なくても、ディーってば上半身裸でしょうっ！　恥ずかしくて、上掛けを顔半分まで引き上げる。

「ええと、おはようございます」

「もう寒気はしないか？」

んん？　もう？

「寒気なんてないですけど……。わたし、寒がってました？」

もしかして、体温で温めてくれていたんだろうか？　湯たんぽとかないから、きっと苦肉の策だったに違いない。人の寝込みになにしてんの、とか思っちゃ駄目だ。

おでこに大きな手が触れて、すぐに離れていく。

「熱はさがったようだな、よかった。それで、この傷は誰につけられたのか、聞いてもいいか？」

左肩の傷跡を撫でられる。痛くはないけど、敏感になっているのかぞくっとする。

「痛いのか？」

身を竦めたわたしに、心配げに聞いてくる。

「くすぐったいだけです」

「まだ跡が残ってるしな。で、これは誰に切られた？」

彼の声が途中から低くなり、不機嫌さを教えてくれる。こ、ここはやっぱり正直に話すべきか？

い、いや、しかし！

「隠すのか？　それは、その誰かを庇うということだが、お前は誰を庇う？　そいつは、リオウにとって、私よりも大事にすべき相手なのか？」

冷気！　声から冷気を感じるよ！　そして、言ってる内容がまるで、嫉妬してるみたいじゃないかなんて、それはさすがに恥ずかしいんだけど。彼のへそを曲げてまで隠したいわけじゃなかったので、オルティスに切られたと正直に答えましたです、はい。

「オルティスか。ちっ、忌々しいティス家め」

舌打ちをする彼が、殺気混じりに呟いた。

ええと、階段で聞いたオルティスとフォルティスの会話を伝えたら、この人、更に荒ぶるのではないのかな……。

「まだなにか隠しているな？　リオウ」

もうひと眠りさせてください、わたし病み上がり（？）ですし。ぎゅうと目を瞑る。

「リオウ」

「ひゃぅっ！」

耳元で囁かれ耳たぶを含まれる。

「いつまで、だんまりできるかな？」

低い声に鼓膜を揺さぶられる、ひぃぃ、魔王の囁き、魔王降臨です。吐息がかかる程の距離でその声は、ずるい！　そもそも、魔王に一般人が勝てるはずないんですってば。枕になっていないほうの手で、傷口を撫でられ、そのうえに唇を落とされてギブアップしました。色気ダダ漏れさせて、経験値底辺の乙女の素肌に触れないでいただきたいっ。

貞操の危機を感じ、ティス家次男三男の会話について、ペロッと教えちゃいましたとも。だって、イストーラがどうのとか言ってたし。

「ティス家の先々代当主あたりが、イストーラの貴族だったのは聞いたことがあるが。まさか、今更イストーラに返り咲こうとしているとはな。それなら、長兄であるイルティスがやっていることも、そういうことなんだな」

「そういうこと？」

脊髄反射で聞き返し、しまったと思ったときにはもう遅かった。身を起こしてベッドヘッドに背中を預けた彼が、布団を口元まで引き上げているわたしを見下ろす。

「ロットバルド隊長の内部調査により、財務局のイルティス・レイバントによる横領が発覚した。私の給与もそうだが、他にも多数の平民出である兵の給与が、二重帳簿により管理されていた。平民出の兵には学がないから、給与を多少ちょろまかしてもわからないだろうし、気付いた者が文句を言いに行ったところで、門前払いされるのが関の山だからな」

ディーも計算が苦手ですもんね！　言わなかったけど、言いたいことがわかったのか、無言の圧力を感じる。

「それにしても手取り一〇万は酷いですよねっ。他の人たちもそんなに、引かれてたんですか？」

「いや……それは、ないが。私は、先にあったイストーラとの戦いで、多くのイストーラ兵を葬ってきたからな、イストーラに思い入れのあるティス家の人間が、私を恨んでいたとしてもおかしくはないだろうさ」

「でもティス家はイフェストニアの貴族なんだよね？　イストーラの貴族が、こっちで貴族をするってあるの？」

戦うこともある国の貴族が引っ越してきて、そのまま貴族におさまるってありなんだろうか。わたしの頭をひと撫でしたディーは、ベッドからおりて、イスの背にかけてあったシャツを取り上げた。

「もともとティス家、いやレイバント家はイフェストニアの貴族で、娘しか生まれなかった時代に、イストーラとの和平の関係で、イストーラの没落寸前のティス公爵家の子息が婿入りしたとのことだ。婿入りしてなお、故国を忘れることができずに、子孫にティスの名を入れ続け、家名を背負い続けている。イストーラの貴族籍は失せて久しいが、まだ諦めていないのだな」

「だからお金を集めてるの？　イストーラに引っ越すために？」

「いろいろと金もかかるのだろうな。あともうひとつ、得ようとしているものがある」

シャツのボタンを留め終えた彼が振り向き、ベッドの中にいるわたしの顔の両サイドに手をついて真上から見下ろしてきた。

「イストーラに返り咲くために必須である、――女性の魔術師だ」

真剣な藍色の目に、お前が狙われているんだと言われている気がする。

「傷が塞がっているとはいえ、熱も出したし、負担がないわけじゃないだろう。今日はゆっくり家で休んでいてくれ。リオウ、いってくる」

顔の半分程まで隠していた上掛けを捲った彼に、素早く唇を奪われた。

「……っ！」

行ってきますのチューなんて！　チューなんて！　憧れはあったけど、本当にやることになるなんて思ってもみなかったですよぉぉっ。でも、恥ずかしいだけで、嫌じゃないっていうのが、もうっ。

シリアスにいろいろな話をしたはずなのに、すべてがチューでぶっ飛んだよっ！　恥ずかしさに悶絶しつつ、気分を変えるために動きやすい従者の服に着替えた。

久しぶりの休日って感じがする。魔法を使いまくって部屋の掃除をひととおりして、冷凍箱の冷凍果物をつまみ食いしつつ、ソファでゴロゴロして、うとうとして、ゴロゴロして……。

も、もう無理だー！　だって、もう体はバッチリ回復してるんだもんっ。

「買い物、いってこようかな」

うん、そうしよう！　お肉を買って、今日はぱーっと焼き肉にしよう！　元気を出すには、お肉だよね！　えぇと、お金。が……ない。

いつも買い物はディーと一緒で、彼が支払いをしてくれてたから、自分で使えるお金なんて一銭もないよー！　さて、どうしようか、なーんてね。

「ジャジャジャーン！　キュウヨメイサイショー！」

秘密道具を出すノリで、出してみました。誰の突っ込みも入らないので、心おきなく馬鹿な行動ができます。

さて、この明細を財務局の窓口に提出したらお金がもらえるんだよね。

ディーには休んどけって言われてるし、ティス家には近づきたくないけど、わたしのお金を出してもらうくらいなら問題ないよね。

いつもディーと一緒に歩く道を、今日はひとりで歩く。

見上げると随分空が遠く感じるなぁ。日も高いけど、吹く風は熱気ばかりではなく秋を予感させる空気も含んでいる。やっとこっちも秋になってきたんだな。

日本が秋の頃にこっちにきたから、向こうはもう冬なんだよね。

ふと、向こうにいる家族が脳裏をよぎったけれど、無理矢理ねじ伏せる。思い出しちゃ駄目。

大丈夫、ちゃんと委員長が迎えにきてくれるはずだから。大丈夫、大丈夫！

ホント、お城が近くてよかった、あんまりぼんやり考え事するのよくないね。ホッとしながら城門をくぐって、真っ直ぐに財務局へ向かう。

前回行ったときは陰険長兄イルティスは奥から出てきたし、財務局のナンバースリーだっけ？　それなら、窓口の手続きじゃ会うこともないはず。

と、思っていたのが間違いでした。

「リオウ？　そんな名は台帳に登録されてないな、よってこの明細は無効だ」

メガネの奥から嫌～ぁな視線で見下ろされ、わたしの手の中にあった明細がイルティスに取り上げられ、ヤツのポケットにねじ込まれた。

「え、ちょ、ちょっと！　それ、わたしのっ！」

「主人も主人なら従者も従者だな、平民は口の利(き)き方も、相応の態度も知らぬのだな」

奥へ引っ込む間際、嘲笑と共に言われた台詞にカッと頭に血が上る。

平和主義者なわたしだけど、殴りたい。握りこんだ拳の、手に食い込む爪の痛みで、破壊衝動を耐える。

こ、こ、この怒り、どこにぶつけるべきですかー！　王宮の廊下をひた走ります。

ディーにバレたら怒られるけど！　怒られるの怖いけど！　でも、この怒りはもう、ひとりで抱えていられないんですよ！　悔しすぎて！

「あ！　アルフォードさーん！」

二階の仕事部屋のドアを勢いよく開け、とにかく目に飛び込んだ人物に体当たりで抱きつく。

「リオウさん？　どうしたんですか？　今日は休みでは？」

ぎゅうと抱きしめると、抱きしめ返され、うっかり浮かんでしまった涙を、彼の服でこっそり拭く。

「なにをしている」

地を這う声が聞こえ、一瞬でアルフォードさんから引き剥がされる。声でわかってはいたけれど、そこにいた仁王像のようなディーを見つける。

「ディーー！」

ツンドラ気候のディーだけど、ツンドラでもなんでもいいからとにかくギューと抱きしめた。

いまわたしに必要なのはハグです！　愛あるハグです、元気をください。ディーは一瞬戸惑ったようだけど、突き放すようなことはせずに抱きしめ返してくれた。

ああこの匂い、いつもの柔軟剤のさわやかハーブの香りとディーの匂い。鼻面を押し付けてぐりぐりとする。

「どうした、リオウ。家にいろと言ったのに、ここにいるということは。また、なにかやらかしたのだろう」

彼の鋭い言葉に、びくりと肩を竦めてしまったわたしの負けです。も、もうすこしだけハグさせてください、ちゃんと白状しますから。

「ロットバルド隊長にもらった明細でお金をもらいにいったら、わたしの名前が登録されてないから無効ですって言われて、ティス家長男に明細を没収されました」

強制的に座らされたディーの膝のうえで憤慨する。この位置は廊下を走った罰だそうです、ちょっと意味がわからないけど、もう廊下は走らない。

イルティスの件で本当にムカついたのは、「主人も主人なら」の台詞と態度だったんだけどね。わたしはともかく、ディーを馬鹿にすんなぁぁ！　って。前だって、平民出だって思いっきり馬鹿にしてたしっ！

でもそれはなんだか言いにくかったので、内緒。

「ところで、登録ってなんですか？」

「どこの部署の誰に所属している従者なのか、届けは出すものだが。六番隊からの経費は性質上、そんな届けなど無視できるはずだ」

ロットバルド隊長が、お茶を飲みながら唸る。

ってことはですね？　あの性悪イルティスの懐にねじ込まれたわたしの給与の明細は、まだ生きてるってことですよね？　と、いうことは……。

「着服されたってことですか！」

身を乗り出すと、すかさずディーの腕が胴に回って、引き寄せられる。殴り込みにいくとでも思われたんだろうけど、そんな早まったことしませんよ！　大体、報復する力なんて持ってないもの！

八つ当たり気味に、後頭部をディーの肩にぐりぐりと押し付ける。

口を開くと、ムカつきのあまり泣いちゃいそうだから我慢するけど！　こんなに人のいるところで泣いたりなんかしないし！

「ところで、リオウ。今朝、家でおとなしくしていろと言ったのは、もう忘れたのか？」

わたしが落ち着いたのを見計らって、ディーの低音が頭上に落ちる。

えーと、「休んでいろ」っていうのは「おとなしくしてろ」ってことだったんですね？

「買い出しにいこうと思ったんだけど、お金がなかったから、給与明細で換金しようとしただけです」

「買い出しは私と一緒のときにいけばいい。当分のあいだ、家でおとなしくしていろ」

なんですかそれは！　外出も自由にできないってことですかー！

「そうだな、当分は家でおとなしくしていたほうがいいだろう。聞いたぞ、肩を切られたんだろう？」

ロットバルド隊長まで！　傷なんてそんなの、もう治したし！

「そうだ、リオウさん。私があとで差し入れを持っていきますから」

なんなんですか、みんなして。そんなに家に閉じ込めておきたいんですか。

「……わかりました……帰ります……」

なんだかのけ者にされた気分。いままでが、よくしてくれて、ありがたいことだったんだよね。

そうだよね、従者って名目だけど、わたしよそ者だし。一緒に仕事してるときって、大変だったけど楽しかったなぁ。

もう帰って、お家でおとなしくしてよう。ぽてぽてと、行きの倍の時間をかけて家に戻る。

「ただい……お邪魔します」

出がけにかけた、施錠の魔法を解除して、人気（ひとけ）のない我が家……いや、ディーのお家に入る。

そのまま二階の、自分に与えられている部屋へ直行して、ベッドに倒れ込み、ごろんと仰向けに転がる。

転がったまま腰の帯を外してベストを脱ぎ捨てる、案外暑いんだよねこのベスト。というか、ズボンも暑い！　どうせ家の中にいるんだし、スカートでもいいよね？

思い立って、クローゼットを開ける。

「あれ？　増えてる」

よそ行きじゃなく、普段に着られるようなタイプのワンピースが明らかに増えていたので、そのなかから、茶色がかったオレンジ色のワンピースを取り出して着てみる。

「涼しい」

やっぱりスカートは涼しい。涼しくなったらちょっと気分が浮上する。同系色のサッシュベルトを腰に結べば、なんだか気合も入った。

うし！　洗濯すっか！　洗濯場は外だし、こっちの女性はみんな長髪だったので、短髪は悪目立ちしそうだから、カツラもかぶっておこう。

着ていた従者服と加圧シャツを籠に入れ、続いて隣のディーの部屋へ。いつでも入っていいとのお許しはもらっているので、ずかずかと踏み込んでクローゼットを開ける。

「やっぱり、溜まってる」

クローゼットの下のほうに、脱ぎ捨てられた衣類の山。一度に全部は籠に入りきらないので、何度か往復して洗濯物を全部裏庭に持ち出す。

タライに洗濯物を入れ、魔法で水を満たして洗濯する。〝イオンの力でスッキリ洗浄～〟しながらじゃぶじゃぶゴシゴシ、じゃぶじゃぶゴシゴシ。

「魔法最高っ」

ティス家でメイドしてたときは魔法を使えなかったから、倍以上の時間をかけてもこんなに綺麗に汚れが落ちなかったけど。魔法を使えばこんなに簡単に！　広げたシャツは新品同様の白さ、ＣＭなんか目じゃないよ！

洗った洗濯物に柔軟剤の魔法を使って仕上げてから、ぎゅうぎゅう絞って空いている籠に入れていく。全部終わったら、籠二つ分の洗濯物だった。

その籠をえっちらおっちら、家の横の物干しへ運んで干す。魔法で乾燥できるけど、こんな天気のいい日はやっぱり天日干しだよね！

シーツを半分に折ってかけ、空いているところにシャツを干してゆく。全部は干しきれないけど、干せるだけ干す！

「リレイ？　リレイじゃないのか？」

聞き覚えのある声が、低い柵の向こうから聞こえた。

うーわー……。引きつりそうになる表情筋をなんとか取り繕って、顔をあげる。

「オルティス様、お久しぶりです」

なんでこんなとこ歩いてんすか、ここら辺にはお店なんて一軒もないのに。

つい昨日、切られた恨みは健在ですよ。でも、それは内緒なことだから、できるだけいつもどおりに対応しますけれど！　頑張れ自分！

近づいてくる彼に膝が震えそうになるのを、根性で堪える。

「やっぱりリレイか。急に辞めるから心配した」

なんですか、その笑顔……。

王宮での兄と喋ってるときの、あの冷めた顔はどこに置いてきたんですか。……などという、感想は胸の奥にしまっておこう、顔に出そうだ。

「すみません、急に決まったことで、ご挨拶もできずに」

垣根に近づいてくる彼に、ペコリと頭をさげる。大丈夫、垣根よりこっちにはこないはずだから。

「いや、本家にもいろいろと都合があるのだろう。それにしても、いまはここで働いているのか？」

一瞬探るような視線を向けられ、内心焦るが。いや待てよ、別にウソを言う必要はないんじゃないかな？

「メイドというわけではないですけど」

「ここがお前の自宅、というわけではないだろう？」

固い声で聞いてくる彼に頷く。

「はい、違います」

ここはディーの家であって、わたしのお家ではないです。

「五番隊隊長には従者がいるだろう。彼もここで一緒に生活しているのか？」

「はい、従者も一緒に暮らしています」

ウソは言ってない。彼というのは間違いだけど、従者は住んでるんだから。

「で、リオウはここでなにをしているんだ？」

「見てわかりませんか？　洗濯です」

「お前と会話をすると疲れるのは、俺だけだろうか……」

本当に失礼な人ですよね！　わたしだって、のらりくらり会話を外すの疲れるんですよ。

「お疲れになるなら、早く帰ったらどうですか。昼間っからこんなとこぶらぶらして、学校はどうしたんですか、平日だから勉強があるでしょう」

「……っ、本当にお前は……っ。俺を敬うということがないよな」

「うやまう？　なんで？　敬う要素がどこにあるの？」

首を傾げるわたしに、彼が青筋を立てる。

「だって、敬う心っていうのは、その人に対して尊敬できないと生まれないでしょう？」

「ほほぉ？　俺に尊敬できる部分はない、と？」

引きつった顔でそう問われ、考えてみる。

「んー、お屋敷に勤めていたときはご飯もらえたけど、いまはもう関係ないし？」

ビキッという音が聞こえそうなくらいあからさまに、彼が固まった。あれ、や、やばい？

「なるほど。じゃぁ、いまからうまい飯でも食いにいくか」

気を取り直した彼が言った言葉に、ポカンとする。ええと、そんなに敬って欲しいのかな？

「残念ですが、まだ洗濯物が残ってるのでいけません」

干さなきゃならない服が、こんなに……、あと一籠も残ってますよ。

「また今度お誘いくださいね～」

ニッコリ社交辞令。

「……洗濯が終わるまで待ってやる、さっさと終わらせろ、すぐに終わらせろ」

「人の話はちゃんと聞きましょうよ……」

腕組みをして仁王立ちするオルティスに、力が抜ける。

「ここは確か、五番隊隊長の家だったな。それで、メイドとして勤めているわけじゃないのに、お前はなぜここで洗濯している？」

オルティスの視線がうえから刺さってくる。

さ、さぁて、どう言えば帰ってくれるかなぁ……。

「一緒に飯を食ったら、以前我が家にいたメイドと会ったなどという些細なことは、忘れそうだ」

「くっ！　お供させて、いただきます」


「いっただきます！」

両手を合わせていただきます！　目の前の、できたてサンドイッチにかぶりつく。中途半端な時間だから適当な喫茶店で、まるで貸切のようですよ。食堂じゃないから本格的な食事じゃないけど、軽食の種類は結構あるんだね。素敵だ。

おいしいっ！

黙々と食べているわたしを、オルティスはじっと見てる。まぁ別に気にもなりませんけどね、いつものことだし。

「本当にうまそうに食うな」

「おいしいですよ？　食べますか？」

まだ手つかずの皿を押し出す。

「いや、いい。見てるだけで腹が膨れる」

「そうですか？　じゃぁ、遠慮なく」

笑顔で皿を引き戻す、やっぱり食べるって言われたら困るので、素早く。程なく、完食！

「ご馳走様でしたー」

食後のお茶を啜（すす）りながら、超満足！

「いっそ、清々（すがすが）しいな」

「はい？　なにがです？　好きなだけ奢（おご）ってくれるって言ったのオルティス様じゃないですか、男に二言はないんですよ、食い物の恨みは怖いんですよ？」

「なんのことだ。まぁいい、デザートはいらないのか？」

えっ！　一応遠慮してたんですが、デザートまでつけてもらえるんですね！

「ありがとうございます！　じゃ、じゃぁ、このケーキで！」

勢い込んで言うわたしに、彼は肩を震わせて笑う。

また、馬鹿にして！　憤慨して口を開きかけたわたしを手で制して、お店の人にケーキをひとつと珈琲を二つ注文した。

「ありがとうございますオルティス様」

「お前は本当に現金だよな」

ケーキを味わいつつ珈琲を飲んで、しあわせ感を満喫する。

彼もなにを言うわけでもなく、のほほんとしたようすでカップを傾けてる。

「……やっぱりお前は違うよ……」

ポツリと呟いた声に、視線をあげる。

「なにが違うんですか？　ああ、他の女の人とは違うってことですか？　確かに、ちょっと大食らいっていう自覚はありますけど」

「ちょっとじゃないだろうが。あ、いや、そうじゃなくて。いや、いいんだ、こっちの話だ」

誤魔化すように笑うから、追求するのはやめておく。どうせ、ティス家内部のお話だろうし。

「さぁて！　食うもん食ったし、解散しますか」

「……お前は、本当にお前だよな」

哲学的ななにかですか。

「オルティス様だってオルティス様じゃないですか」

「俺は……。いろいろあるんだよ、大人の世界は」

苦笑いして、テーブル越しに頭をぐりぐりと撫でられる。子供扱いは嫌だが、大人の世界ってやつのほうも遠慮したい。

「大変ですね、大人の世界は」

ペイッと頭のうえの手を退ける。すると今度は、まとめていない髪にさらさらと指を通す。

「やめていただけますか、オルティス様」

しつこく触ってくる手を叩き落として、唸る。そんなわたしを彼が楽しそうに見る。

「お前は俺に靡かないな」

「靡いて欲しいんですか？　無理ですけど」

「無理なのか」

軽くショックを受けた感じの彼が、テーブルのうえにひじをつき項垂れる。

「くそ、多少なりともショックを受ける自分にショックだ……。いや、そうじゃないな。そうじゃなくて。――お前が魔術師だったら、よかったんだけどな」

「魔術師、ですか？」

内心びくついたのは顔に出なかっただろうか。いや、彼が下を向いていたから大丈夫なはずだ。

「そうすれば、年齢的に俺が嫁に……いや、兄たちが譲らぬか。なんでもない、聞かなかったことにしてくれ」

自己完結した彼に、胸をなで下ろす。嫁とか、兄たちがどうとか、不穏でしかないですからっ。

「わかりました。それでは、ご馳走様でした！　お気をつけて、お帰りください！」

喫茶店を出てお礼を言うと、渋い顔をされた。

「送っていく」

「必要ないですよ、まだ日も高いですし」

にこにこ笑顔で辞退する。

「若い娘をひとりで歩かせられるか」

「大丈夫ですよー、わたしなんかをどうこうしようとする物好きなんていませんってー」

「若いというだけで食指が動く、見境のない男もいる。つべこべ言ってないで、いくぞ」

「大概失礼ですよね、オルティス様って」

「お前程じゃない」

結局わたしのほうが折れて、一緒にディーの家へ向かうことになってしまった。いやいや、わたしが歩いて帰るうしろを彼が付いてきてるだけですけどね。

ひとっことも会話しないし。

とにかくさっさと帰るために、いつもの倍の速さで歩きましたよ！　ディーと歩くときは、いろいろと道草食いながら歩くけど、今日は競歩で真っ直ぐに帰宅！

……あれ？　なんでアルフォードさん、ウチの前にいるの？

たらり、と冷や汗が背中を伝う。

「お帰りなさい、リ……レイさん」

え、笑顔、なんだよねアルフォードさん？　なんだろう、心休まらない笑顔がわたしの周りに多数存在する気がする。

「た、ただいま帰りました。なにかありましたか？」

駆け寄ったわたしに、彼は貼り付けた笑顔のまま手にしていた籠を渡してきた。

「約束していた差し入れです。ああ、オルティス君久しぶりです、リレイを送ってくれてありがとう、あとは私が引き受けますよ」

突然わたしの肩を抱いて、高圧的にオルティスに言い放つ彼にびっくりする。

「あ、ああ、それでは失礼します。リレイも、またな」

「はい、ご馳走様でした」

キビキビと歩いてゆくオルティスの背を見送りつつ、後頭部へ突き刺さる視線に……うしろを振り返るのが躊躇（ためら）われる。

「……さてと、リレイさん、すこしお話をしましょうか？」

笑顔でそう言ったアルフォードさんに嫌な予感がしたけれど、予感的中で、その後、わたしの危機感の低さが問題であると、延々と説明……という名のお説教をされた。

第四章　夢の中で

あれ？

そういえば、委員長、イストーラにいけって言ってたんだよね。で、ここは、イフェストニア……。

ベッドの中で眠りに落ちかけた瞬間、唐突に思い出した事実に一気に意識が浮上して、ガバッと起き上がった。

もしかして、だから委員長が迎えにきてくれないの？　もしかして、こうやって呑気に生活してちゃまずかったのか！

今更すぎる仮説に、愕然とする。

いや、だって、だってだよ？　冷静に考えれば、意味わからないじゃない、突然こんな世界に放り込まれて、どこがどこだかわからない森の中で、イストーラにいけって言われたって、どっちいけばいいのって話だし。

ねぇ、委員長、わたしになにかして欲しいことがあったの？　わたしはなにかをするために、ここにきたの？　わたしをどうしたいの？　わたしはどうすればいいの！

夜にくよくよ考え事をすると、どつぼに嵌ると聞いたことがあったけれど。いままで蓋をしてきた思いが、堰を切ったようにあふれ出し、止まらなくなる。

わたしはイストーラにいかなきゃいけないんだろうか、あの嫌な感じのする国に？　委員長、ここイフェストニアに、わたしが安心して生きていられる場所があるんだよ。

ディーがわたしに居場所をくれたんだ。

日本にいるわたしの家族は元気？　凄く親しい友人はいなかったけど、転校当初からわたしを受け入れてくれたクラスメイトは元気？　そっちの世界が、恋しくってたまらないよ。

一度里心がつくと、まるで雪だるま式に増えちゃって。戻りたくて、戻りたくて、戻りたくて……みんなに会いたいんだよっ。

あふれ出した思いが、嗚咽となって零れる。駄目だ、声なんか出したら、隣の部屋で寝ているディーに聞こえる。

シーツを頭まで被り、息を止め、嗚咽を耐える。

イストーラにいかなければならないなんて、そんなのただの仮説だ。大丈夫、ここにいても、委員長が迎えにきてくれる！　だから、大丈夫！

でも…………。ねぇ、委員長、せめて夢で、わたしに会いにきてよ。

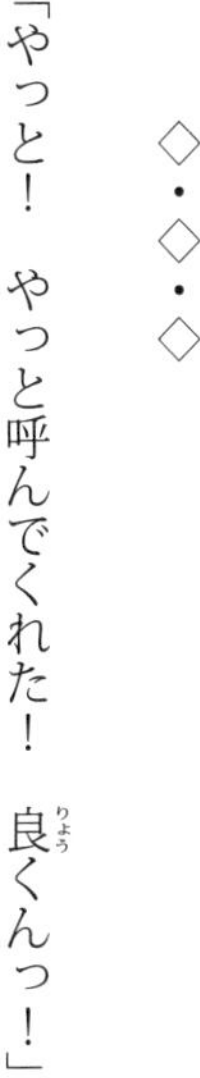

◇・◇・◇

「やっと！　やっと呼んでくれた！　良くんっ！」

がばぁっ、と抱きつかれて、目を白黒させる。

「え、えっと、委員長？」

「そうですよ！　委員長ですよ！　もうっ！　あまりにも音沙汰がないから心配してたんだよ！　といっても、まだ夢の中だけどね。夢でもいいや、会えてよかった！」

体を離して両手を握られる。

久しぶりに会う彼女は、冬物のセーラー服を着て、高めに結ってあるポニーテールも、意思の強いその目も変わってなかった。そういえば、ここってどこだろう？　キョロキョロと見回すと、ぼんやりと学校の教室の風景が浮かび上がってくる。

「良くん、大丈夫だった？　苦労してない？」

笑顔の彼女に尋ねられて、言葉に詰まる。そうか、夢だもんな、わたしの委員長のイメージが反映されてるんだろうな。夢の彼女に怒っても、どうしようもないや。

怒りたい気持ちがしゅーんと萎み、なんだか笑えてきた。

「いろいろ大変だった、けどね。いまは、イフェストニアで生活してるし」

「イフェストニア！　どうしてっ？　だって、イフェストニアは駄目って言ったよねっ」

詰め寄ってきた彼女の頭に手刀を落とす。

「いきなりひとりで森の中だよ？　どっちがイストーラか、イフェストニアかわからないでしょ」

「え、森？　確かに、魔力が安定するとかなんとかで、国境付近に転移するって言っていたけれど、まさか……いえ、そうなのね、だからあの人、言葉を濁してたんだわ。それにしても、よりにもよっ

てイフェストニアなんて野蛮な国！　良くん、なんにもされてない？　殴られたりとか、監禁されたりとか」

心配顔で縋りつかれて、驚きながら首を横に振る。

「殴られたりなんてしてないよ。最初は、不審者ってことで縄で縛られたりしたけど、従者として雇ってもらえることになったし、わたしを保護してくれた人も、周りの人たちも、よくしてくれるよ。魔法が使えたり、一時的にメイドになって仕事したり。いろいろあるけど、面白いよ」

ああ、本当にいろいろあったなぁ。日本のことを思い出す暇もないくらいだったもんね。彼女は探るようにわたしを見つめていたが、視線を緩めてくれた。

「本当に？　本当になにもされてないのね？　あれ？　でも、従者ってことは、誰かに仕えているの？　メイドじゃなくて？」

「うん、いろいろあって男の子として、わたしを保護してくれた、五番隊の隊長さんの従者になったんだ」

なんか従者以外の仕事もしてるんだけどねー、って、あれ？　彼女が膝から崩れ落ちて、床に両手をついて項垂れている。

「それって、軍よね？　……そのうえ、隊長クラス、そんな人に保護されるなんて」

あ、更に委員長が落ち込んだ。これは、なにかフォローしたほうがいいかな？

「あのね、目つきが鋭いから、ちょっと怖い感じだけど、案外気さくだし、心配性だし。そんなに悪い人じゃなくて……」

不意に、世界が歪(ゆが)んだ。

「あ！　いけない！　目が覚めそう？　また、夢で会おうね！　そう願ってね！　でも、会ってるの内緒だよ！　必ず、イストーラの人が助けにいくからね！　待ってて！」

焦(あせ)って叫ぶ委員長の姿が消える……そして、意識が浮上した。

お……重い……重い……。寝苦しさに目を覚ませば、なぜかわたしのベッドにディーがいて。わたしはまた、彼の腕枕で寝ていた。いや、むしろわたしは抱き枕？

「どうした、まだ早いぞ」

眠そうな彼の声と共に、腰に回っていた手に力が入り抱き寄せられ、背中がディーにくっつく。

「なんで、ディーがわたしのベッドにいるんですか」

「気にするな」

「気になりますっ！」

女性のベッドにほいほい入ってくるって、どういう神経なんですか。

なんだか、凄くいい夢を見ていた気がするのに、すっかりスッポ抜けましたよ！　凄く重要なことを忘れた気がするのに。ええと、確か、懐(なつ)かしい人に会ったような？　そうだ、委員長に会って、なにか話しして……えっと……。

「どうした、なにを考え込んでる？」

耳元で、眠気を含んだ低い声に囁かれる。耳に息がかかり、背筋がぞくっと震えた。

「あー折角思い出せそうだったのに、忘れちゃったじゃないですか」

「夢の内容をか？」

上体を半ば起こし、ディーが聞いてくる。

ディーが起きた関係で、横向きで寝ていたのが支えがなくなって仰向けになり、見下ろすディーと視線が合ってしまう。暗がりだから表情がよく見えないけど、先を促す雰囲気に口を開いた。

「学校のクラスメイトと会う夢でした。その人がわたしをこっちに寄越した人で、その人となにかお喋りしてたんだけど、うーん」

言いながら、人差し指で眉間を押し、目を閉じて記憶を辿ろうと頑張るけど。

「リオウをこっちに寄越した……？」

あ、あれ？　彼の声音が一オクターブ低くなった気がする。

「え、えっと、ディー？」

「リオウ。――お前の故郷はイストーラのどこだ？」

今更、聞くんですか！　刺すような視線を感じ、目が開けられない。

どうしよう！　どうにか、有耶無耶にっ！　そうだ、とりあえず寝てしまおう！　そうしよう！

わたしの特技は三秒で寝れることだし！

「リオウ」

二度寝しようとするわたしに、彼の低い声が落ちる。これは、あれだ、不機嫌とかそういう声じゃなくてね？

「寝るのか、リオウ？　話の途中だぞ？」

魔王ですよ……魔王降臨。

「いい度胸だ。このまま寝ていてもいいが。あとで、文句を言うなよ？」

耳元で囁かれ、そのまま耳の端をペロリと舐められてから、キュッとそこを噛まれて、ぞくっとした感覚にギブアップする。

「ご、ごめんなさいぃぃ！」

泣きを入れて、両耳を両手でガードする。

「最初から素直にしてればいいものを」

目を開ければ、正面にはディーの苦笑を含んだ目が間近にあった。あ、怒ってない……。

ホッと体の力を抜くと、ディーの唇が、唇のうえに落ちてくる。短いキスを繰り返し、頭を撫でられる。ほぼ毎日されるキスのせいで、キスは慣れた……凄く、慣れてしまった。

キスが〝血の盟約〟とは関係がないことは、薄々気付いてる。多分、唾液による血の盟約も、本当に血でする盟約と同じで、頻繁にする必要はないんだと思う。

だって、血の盟約は体液ならなんでもいいらしいし、だとすれば、唾液だとしても血と同じような効力を発揮されて当然だし。

でも、ディーがするキスの意味も、それをわたしが拒否しない理由も考えちゃ駄目だ。

わたしは、日本に帰るんだから。

「リオウ、なにを考えている」

唇に落ちていたキスが、目元に落とされる。

「泣きそうな顔をしている……」


あのあと、いつの間にか二度寝していて、目が覚めればディーはすでに仕事に出ていた。起こされなかったということは、今日も家にいていいということかな？

数字関係の書類はどうなっているんだろう、やっぱり溜めてるんだろうか。いや、間違いない、前科があるもんなぁ。

夢に出そうな書類の量を思い出しながら、ゆったりとしたパジャマを脱いで、加圧シャツを着込んでから従者の服を着る。

ワンピースのほうが楽だけど、昨日のこともあるので、女装？は当分封印しようと思うんだ。

「ふぅ……」

最近とみに胸が苦しくなってきた。あれかな、やっぱりこっちにきてからご飯がおいしくて、ついつい食べすぎちゃうから、だよね。そんなことを考えつつ、今日もしっかりと朝食を食べる。腹が減っては戦はできないもんね、戦の予定はありませんけれども。

ディーが買っておいてくれたと思しきパンに、スクランブルエッグと焼いたハム、そして大量のレタスとスライスしたトマトを挟む。パンの塩っ気と中の具材がとても調和して、あと二、三個いけそうだ！　だけど胸元を見下ろして、我慢することに決めた。腹七分目が健康にいいって聞いたこともあるしね。

散々釘（くぎ）を刺されたので、ほとぼりが冷めるまではおとなしくお留守番しておこう。と思ったのに、こんな日に限って来客ですか。

ドアのノッカーが鳴らされるの、はじめて聞いた。結構ちゃんと響くもんなんだね。町内会の回覧板とかかな？　こっちの世界には、悪質勧誘業者なんてないよね？

初の来訪者に、ちょっとドキドキしながらドアを開けた。

「はいはーい。どのような御用ですか？」

ドアを開けると、ディーよりは身長が低い、こちらでは標準的な体格のお兄さんがいた。回覧板は持ってないみたいだ。

「キーサラギだな？」

「如月（きさらぎ）……どうしてその名前を」

妙な発音で確認された。ほんの数人しか知らないはずの、わたしの名字を。

「貴様が知る必要などない」

低い声と共に腹部に衝撃を受け、苦痛と共に意識を失った。

さて、なにゆえわたし、こんなふうに拘束されたうえに猿ぐつわを噛まされて、乗り心地の最悪な馬車の荷台に転がされているんでしょう？

わたしのことを隠すためなのか、馬車の低いあおりには厚手の黒い布がぴっちりと張られ、コレならいかにも荷物を積んでいるように見えるだろうね。

結構スピードよく走る荷馬車だし、道が舗装されているわけもないので、荷台がバウンドする度に体をあちこちにぶつける。猿ぐつわを噛まされてなかったら、舌を噛んでたかも。だけど猿ぐつわのせいで顎もだるいし、後ろ手に結ばれている両手も痛い。

出会った当初の、ディーとジェイさんから受けた待遇よりも悪いよね。

あまりにもガンガン頭をぶつけるから、すっかり忘れていた夢の内容も思い出したよ。

委員長の話し振りだと、イストーラの人が助けにいくとかなんとか言ってたから、わたしの名字を知ってた男の人はイストーラの人なんだろうけど、実際はこんなんだ。

助けるっていうなら、腹を殴って気絶させる必要も、手足を縛ることも猿ぐつわをする必要もないよね。この、超低いホロもネックなんだよ、色が黒だから熱を吸収しまくりで、中はサウナばりの高温だ。更に、悪路を走る馬車のせいで頭が床板にバウンドするのを、体を丸めてすこしでも負担を軽減しようと試みたものの、あーなんだろう、意識が……遠のく……。

気がつけば夜っぽい。ホロの中にも夜気が忍び込み、汗で濡れていた服から温度を奪われて寒い。

結局、ここに転がされてから一度もおろされることなく、いまままできている。

わたしを攫った人は、何度か休憩を取っていたようだけど、わたしには水のひとつもくれない。脱水症状なのか、頭が痛い。轡を噛まされているから、口の中もからからで痛い。後ろ手に縛られている両手も痛い、肩も外れそう、背中も足も……最悪だ。

野営でもしているのか、馬車は止まったまま動かない。

外から聞こえる虫の声が頭に響いて酷く煩い……。そういえば、周囲に人の気配がない気がする。

でもそれは、気のせいだったらしく、慌ただしく人の声が聞こえたかと思うと、バキっという、人を殴った音とうめき声が聞こえ、ホロの一部が捲られた。

声でディーではないことはわかっていたけど、湧き上がった期待は案の定裏切られる。

「馬鹿かお前は！　丸一日、こんな中に転がしておいたら、下手をすれば死ぬだろうが！」

声は年配の男のもので、荷台に転がるわたしのぐったりしたようすを見て、青年を更に殴ったようだった。

「……っ、申し訳ありません」

「だから貴様は大した仕事も与えられんのだ！」

「し、しかし、私は命令にありましたとおり、五番隊隊長の従者を捕らえ、取るものもとりあえず、こうして走り通してっ！」

「馬鹿がっ！　これで万が一死ぬようなことがあったらどうする！　捕らえるというのは、生かしてあってこそ意味があるのだ！」

年配の男がもう一度、あの青年を殴りつける。捕らえる？　生かす？　意味がある？　不穏な台詞に、朦朧とする意識の中でも、危機感を覚えた。

　無理矢理上体を起こされ、噛まされていた口の拘束が外される。口は痺れたまま閉めることもできない。その口に、水筒があてがわれ、ぬるい水が口に入ってきたのを、飲むが、口が閉まらないから大半が零れ落ちる。

　それでも、渇えた体にその水は命の水で、深く霞がかかっていた頭がクリアになっていく。

「とりあえず、生きていたか」

　わたしが水を飲んだことで生きてることを確認し、ホッとしたように年配の男がそう言い。水を求めるわたしにそれ以上は与えず、放り出すようにわたしの上体を離して荷台からおりた。

「以降は俺がこいつを連れていく。お前は先に国へ戻り、確保したことを伝えてこい」

「そんなっ！　私が見つけたのに！　手柄を横取りするんですかっ」

「ああ？　なんだ、上官に文句があるのかっ！」

　ばきっ、とまた鈍い音がした。また殴られたのか……。

　それにしても、本当にイストーラの人なんだろうか？　話し振りでは、この二人は兵士みたいなんだけどごろつきっぽい感じが否めない。こんな人ばっかりな国なのかな、イストーラって。

　ねぇ委員長、どうしてイストーラにいけって言ったの？　イフェストニアの人たちのほうが、ずっと優しいよ？

　朦朧とした意識は、ただただ男たちへの恨みを募らせる。

　なんで、こんな目にあわなきゃならないんだろう。なんで、こんな男に、乱暴に扱われなきゃならないのだろう。

「おら、水だ、飲め！」

この二日で数回の水しか与えられていない。

水さえ飲めば数日は生きられるとは言うけれど。わたしの目の前でご飯を食べ、浴びるように水を飲み、そのくせわたしにはコップ一杯の水を口に注ぐことしかしないコイツは、本当にわたしを生かしておく気はあるんだろうか。

轡は外されたが、声を出すと殴られる。なんで、こんな奴に虐げられなきゃならないの？

「本当に丈夫な野郎だ、普通なら死んでても不思議じゃぁねぇ。まるで魔術師みてぇにタフだ」

魔術師みたいにタフ？

「知ってるか？　おめぇの国にゃぁ魔術師が少ねぇから詳しくないだろうが、魔術師ってぇのは普通の人間よりもよっぽど丈夫なんだよ。その代わり、ばかすか飯を食らうんだ。魔力が高い程腹が減るらしい。だから、魔術師を捕らえたら、まずは両手を縛り上げる、口を塞ぐ、そして飯を絶つ」

悪趣味な男は、空腹に打ちのめされているわたしを肴に酒を飲む。瓶を傾けて最後の一口を飲み干して、惜しげに瓶を逆さにして啜る。

「おう、ちょうどおめぇにしてるのと同じことだがな！　普通の捕虜なら、飯ぐらい食わすんだがよ、おめぇは王の勅命で捕縛命令が出てんだよ、一体なにやりやがった？　その、なよなよした優男っぷりで、王のオンナでもたぶらかしたか」

王の勅命、捕縛命令……。そうか、イストーラの王が、わたしをこんな目にあわせているのか。

「ケッ！　そんな目ぇしたって無駄だ、無駄、無駄！　あんな王でも王は王、賢王ではないが、愚王でもない、程々に国を治めてくださる、ありがたい王様さ。俺ら兵士は王様が絶対、王様万歳だ！」

ひっひっひ、と笑う男を睨む。視線でこの男を……せたらいいのに。

湧き上がる思いに、さぁっと体温がさがる。駄目だ、それを願ったら、まずい。

殺すのは駄目だ、駄目だ、帰れなくなる。きっと、日本に帰る資格がなくなる……。人を殺めたわたしが、向こうに戻れるはずがない。

男は、わたしがなにか反抗的なことを言うんじゃないかと、にやにやと見ていたが、口を噤んだまま開こうとしないのに軽く腹を立て、酒瓶を荷台に投げつけてきた。

背後のあおりにぶつかり瓶が割れた。

「あーあ、おめぇ明日気ぃつけねぇと、ガラスの破片で血まみれになるなぁ！　その可愛らしい顔に傷のひとつでもできりゃハクがつくか！　ひっひっひ。馬を飛ばしたおかげで、明日一日走りゃ国に入れるはずだ。そうすりゃ、こっちのもんよ。おめぇはいいよな、寝てるだけでよ」

男は割れた瓶をそのままに、酔っ払った胡乱な手つきで荷台にホロをかけ直し、自分は近くに張ったらしいテントへ寝にいったようだった。

男の気配が消え、暫くしてから、ホロの上部が捲られた。

「よぉ、リオウ」

懐かしい声に、驚いて顔をあげる。

「じぇ……っ」

名前を呼ぼうとした口が、大きな手に塞がれる。

ジェイさんはしーっと人差し指を口の前に立てたので、了解したことをしめすように頷くと、口から手を退かしてくれた。

「水飲むか？」

「は……い」

頷くと、上体を半ばまで起こして支えられ口元に水筒が当てられる。

何度かに分けて水を飲み、気分が落ち着いたおかげで、鬱々とした気分も随分晴れた！　あの男、殺っちゃおうかな、とかちょっとしか思わないし！

テントから聞こえるイビキを聞きながら、ホッと息を吐く。

「すこし生き返りました」

「そうか。すまないな、水くらいしかなくて。あとすこしでイストーラとの国境になる、こちらの読みが合っていれば、その付近でティス家の者と合流するはずだ。そのときに、助けるから」

小声で言うジェイさんに、上体を荷台に戻される。

「あれ？」

なぜ、またもとの体勢に？　首をひねるわたしの頭を一度撫で、ジェイさんはホロに手をかける。

「すまないなリオウ」

「えっ！」

ジェイさん悪い冗談ですか？

あー……本気ですか……。

ジェイさんの顔に、一切のおふざけがないのを、はじめて見た気がします。

「このまま、囮になってくれ」

立ち去る間際ホロ越しにかけられた低い声に、怒りが湧く。

「ふざけるな……っ！　嫌に決まってるだろっ！」

絞り出した声に、応えはなかった。

わたしがイストーラに連れていかれるのは、単純に保護してくれるからじゃない、ってのは嫌でもわかる。わたしがイストーラにいくことにどんな意味があるのか見当もつかないけど、イフェストニアとイストーラが険悪な仲っぽいことを考えれば、わたしの考えも及ばないなにかがあってもおかしくはないのかもしれない。

だからって、囮なんてできるかぁっ！　縛られて荷台に転がされるのってイタインだぞ！　ホロの中は灼熱地獄なんだぞ！　ご飯も出してもらえないんだぞ！

暗い暗いホロの下で、ふつふつと怒りが湧いてくる。

なんでですか、と。なんでわたしが、こんな目にあわなきゃならんのですか、と。水を飲んで頭がスッキリしちゃったもんだから、いろいろと目が冴えてしまうわけですよ。

日中と違って随分と涼しいしね。

だからいろいろ考えたよ？　殺さないで戦う方法。無論、魔法ありきですがね！　はっはっは！

この手も足も出ない状況ではホント、考えるだけ無駄ってやつでしょうが。

ああ、考えがまとまらない。

ディー、なにしてるのかな。心配してるだろうな。また、洗濯物溜めてるんだろうなぁ……いや、ちゃんと着替えてくれてればそれでいいか。執務室に寝泊まりしてなきゃいいけど。

わたし、帰れるんだろうか。いや、帰るけど！

ディーが助けにきてくれないかな？　颯爽と……あ、いや、それディーにはあんまり似合わないかも？　色んなもの蹴散らしながら、あの屈強な筋肉で、容赦ない剣さばきで、周囲を凍てつかせる怒ってるときのあの視線で。

全部が懐かしいってイヤだなぁ、もう会えないみたいなこと考えちゃったよ。

せめて、夢で会えたらいいのに……。

◇・◇・◇

これは夢なんだと理解しながら、薄暗い中を迷い歩いていた。

何度も足をもつれさせ、転びかけそれでも、探して、歩き回る。絶対に見つけられるという確信はあって、何度も座り込みそうになりながら歩き続けて、突然目の前にゴールが現れた。

「ディー！」

「……リ、オウ」

呆然と立っているディーの腰にタックルをかますが、多少揺らいだだけでしっかりとキャッチされてしまった。彼の筋肉質の胴に腕を回し、ぎゅうぎゅうと力の限り締め付け、おでこをぐりぐりとディーの胸に擦りつける。

「ディー！　会いたかった！」

「リオウ」

彼の腕が、最初はおずおずとわたしの背に回り、すこし力が入り、終いにはわたし以上の力でぎゅうぎゅうに抱きしめられた。抱き上げられて頬ずりまでされる。

「ディー！　ひげが伸びてるっ！　何日剃ってないんですか」

「お前がいなくなってからだから、もう二日だ」

あはは、夢なのに現実に即しているなぁ。

「ちゃんと毎日剃ってって言ってるのに。ちゃんとシャツも着替えてますか？」

「……」

「ちゃんと毎日着替えてって、言ってるのに」

無言で肯定する彼に顔をしかめるけれど、彼から離れない、離れたくない。

やっぱり夢だからだろうか。ぎゅうぎゅうに抱きしめられていても、現実のように骨が軋むことはなくて、苦しくもない。ほんのりとした暖かさは感じるが、体温程の熱は感じない。

それがすこし寂しくて。これが夢なんだと、イヤでも実感してしまう。でも会話をしていると、明らかにディーなんだよね。嬉しい。

抱き上げられたまま、彼の頬を両手で挟む。

「ディー、ちゃんとご飯食べてる？　心なしか、頬が痩(こ)けてるような気がするんだけど」

「そういえば、あまり食った記憶がないな。お前はどうなんだリオウ、ちゃんと食べているのか？」

聞かれて首を横に振る。現実では空腹がかなり麻痺(まひ)してるけど、気付いちゃったら急にお腹(なか)がすいてきちゃうじゃないか。

「もうずっと、食べてないよ！　ものすごくお腹すいた！　でも、さっきジェイさんに水飲ませてもらったから、ちょっと大丈夫」

「ジェイと一緒にいるのか？」

聞かれて、別に一緒にいるわけではないなと、首を横に振る。

「ううん、一緒にはいない。わたし。いま根性悪いおっさんに拉致(らち)されてるから」

「ジェイはなにをしているんだ」

「多分、尾行かな？　わたし囮なんだって。とりあえず、危険があればジェイさんが助けてくれるだろうし、きっと大丈夫だよ。心配しないで」

と、自分自身に言い聞かせる。

わたしの話に、ディーは苦い顔をしたけど、怒らないところを見ると心当たりがあるのかな。

「……ティス家などという小悪党のために、なんでお前がこんな目に」

「ティス家？　わたしを拉致ってるの、イストーラですよ？」

ディーが、眉根を寄せてわたしを見る。わたしも、首を傾(かし)げる。

「お前はいま、ティス家に攫われて、ヤツらの領地へ運ばれているんだぞ。イストーラと繋がりがある奴らならば、イストーラを出奔した有力な魔術師であるリオウのことを知ることもあるだろう」

「違うよ？　誘拐犯が酔っ払って、イストーラの王様の勅命だって言ってたもん」

真剣にそう伝えれば、わたしの言葉を信じたのか、すこし沈黙した彼が頷いた。

「なるほどな、向かっている方向としては合っている、イストーラの犯行というのもありえなくはない。お前のように強い魔術師を、あの国はそう簡単に手放さないだろうからな。だとすれば、状況はもっと厄介だな」

頭の中でいろいろ考え事をしているらしい彼を邪魔しないように、おとなしく抱きしめられておく。

それにしても、委員長は助けるからって言ってたけど、どうしてイストーラの兵を使って、わたしを攫うんだろう？　彼女ならこんな乱暴なことしないと思うんだけど。うぅむ、悩んでいてもわかんないな、いっそ委員長に直接聞いてみたい。

そう思った途端、ポンと可愛い音がして、委員長が出現した。

わたしを抱き上げたまま、呆然とするディー。ディーに抱き上げられているわたしを見て、きょとんとする委員長。そして喜ぶわたし。

「夢って、なんでもアリなんだね。委員長」

「良くん！」

わたしに向かって、両手を伸ばしてくる委員長のもとへ行こうと、ディーの腕から抜けよう……とする、が、果たせない。

「ディー？　おろしてもらえますか？」

「駄目だ」

な、なぜ？

「……でぃー？　あなたが、彼女を保護している、イフェストニアの五番隊の隊長ですか？」

睨むようにディーを見る委員長と、彼女以上に凄味のある視線で委員長を見下ろすディー。

「〝いいんちょう〟ということは、イストーラのリオウの縁者か」

え？　え？　なに、この雰囲気？　これ、もしかしてイイ夢じゃなくて悪夢だったのかな。

「はじめまして、わたくし、良子（りょうこ）の親友の木下楓（きのしたかえで）と申します。ウチの良子を、保護していただきありがとうございます」

ニッコリ笑ってるのに、怖い、怖いよ委員長！

「私はデュシュレイ・アルザック、リオウとは将来を約束した仲だ。あなたから礼を言われる必要は一切ない」

ニヤリと笑うディー、もちろん目は笑っていない。

二人共怖いぃ。なんとか、二人の気を他に逸らさないと、この悪夢がずっと続きそうだ！

「あっ！　ねぇ、委員長」

「委員長なんて、他人行儀な！　楓って呼んでよ」

ニッコリとした笑顔で請（こ）われて、彼女がそう願うならと、呼び直す。

「えっと、楓？　いまわたし、イストーラの兵士の人に誘拐されているんだけど、なにか心当たりある？　イストーラの王様の命令だって言ってたんだけど」

「ゆ、誘拐っ？」

目を剥く楓に、頷く。

「両手両足縛られて、ご飯抜きで、水もろくに飲ませてもらえないんだよね。もし、知ってることがあったら、教えて欲しいなぁ、なんて」

「な、んだと」

地を這うような声が、すぐ側から。あ、そういえば、ご飯抜きとは言ってたけど、詳しいことは伝えてなかったっけ。怖いので、ディーのほうは見ませんが。そして、もうひとり荒ぶる人が。

「なんてこと……！　確かに、私が良くんを保護してくれるように頼んだけど。なんで、そんな！」

「貴様が、私のリオウを攫ったのか」

素早い動きでわたしをおろして、楓に詰め寄ったディーは、わたしよりもずっと小柄な彼女の襟首を掴み上げた。持ち上げられた楓は、ぷらぷらと足が揺れている。

「ディー！　やめてっ！」

慌ててディーに駆け寄り、その手を離すように懇願すると、渋々と楓をおろしてくれた。楓はさほど堪えたようすもなく、襟を直してわたしの両手を取った。そっか、夢だから大丈夫なのかも。

「良くんごめんね。なんとかするように王に頼んでおくけど。すぐには連絡がつかないの」

握られている手にギュッと力が入り、真剣な目でわたしを見上げてくる。

「手が自由になって、操駆ができるようになったら。青いタヌ……猫の魔法の扉で私を迎えにきて」

一瞬考えてから、ソレが意味することを理解した。青い猫の扉って、国民的アニメのあれかっ！

「ああああ！　その手があったんだ！」

「青い猫？　なんだそれは」

訝しげに聞くディーに興奮して説明する。

「時空を越えて空間を繋ぐ素敵ドアです！　それがあれば一瞬であっちに帰れます！」

「帰れ――」

繰り返しかけたディーが、驚いた表情のまま、すぅっと消えてしまった。

「あれ？　でぃ、ディー？」

「ああ、きっとショックで目が覚めちゃったんでしょ。そんなことより、あの人がディーさんねぇ。随分良くんにべったりね。でも、イフェストニアって、野蛮な国なんでしょ？　蛮族が治める治安の悪い国だって聞いてるけど」

心配そうに言う楓に、首をひねる。

「普通だけど？　日本と違って電気とかないからいろいろ不便だけど、魔法があればなんとかなるし、ご飯は凄くおいしいし、田舎のほうはのんびりしてるし、王都は大きくていろいろなお店もあって、個人的には楽しい国だと思う。野蛮ってのは、どっちかっていうとイストーラのほうが、いろいろと問題あるっぽい感じがするよ」

そう前置きして、誘拐されてからのことを散々楓に愚痴った。楓は相づちを打ちながらそれを最後まで聞いて、深くため息を吐いた。

「もしかして、とは思ってたけど。私はウソを教えられていたようね、あの馬鹿……っ」

ギリッと奥歯を噛む音が聞こえた気がしたうえに、言葉遣いが荒れてるよっ！　彼女を怒らせるあの馬鹿って誰なんだろう。

首を傾げるわたしに、彼女はハッとして微笑(ほほえ)みを作った。

「あら、ごめんなさい。良くんは両手が自由になり次第、その中年男ぶっ飛ばしていいからね？」

「もちろん！　やっつける方法はいろいろ考えてあるんだっ！」

親指を立ててサムズアップすると、彼女が屈託なく笑う。

「うんうん、私もそっちにいったら、良くんをそんな目にあわせた奴ら全員ぶっ飛ばすから！」

ああ、楓サン凄く楽しそう！　さっき馬鹿呼ばわりされた人も、間違いなくぶっ飛ばされるんだろうね！

クスクス笑いあってるうちに、その楽しい夢から目が覚め、悪夢のような現実に舞い戻った。

目が覚めると、すでに馬車は動き出していた。まだ夜は明けきっていない、早朝の空気だ。
そういえば、昨日あのおっさんが割ったガラス。あの破片で縄を切れないだろうか！
必死に体をひねってうしろを向くと、そこには、瓶が割れた形跡はあったが、めぼしい破片はすべて片付けられていた。ちっ……察してたか、せめて腕が前に回せたらいいんだけど。手首は縄に擦れて熱を持っているのがわかる、この痛み具合なら間違いなく擦り剥けてる。

それにしても、昨日は変な夢を見た。ディーと楓が出てきて、いい夢なんだか悪夢だったんだか。

ただコレだけは言える。わたしは、帰る方法を手に入れた、魔法で時空を繋げる扉を作れば、間違いなくわたしは日本に帰れる。


殴られる覚悟を決めて、休憩のときに恐る恐るトイレを申し出た。

中年兵は、荷台を汚されるのが嫌なのか、渋々といった態度で荷台からわたしをおろす。

「すみません、せめて、手を前で結んでもらえませんか」

いままでおとなしくしていたおかげか、逃げたら殺すぞと脅しをかけはするものの、面倒くさそうに、それでも解けないようにきっちりと両腕を前で縛り直し、逃走防止の長い紐の端を持つ。

「早くしろ、遅いと蹴り飛ばすからな」

重だるい体を引きずって、草むらに向かう。

「おう、そこまでだ！　それ以上奥にいくんじゃねぇ！」

まだまだ見える範囲で止められ、縄を引かれて、危うく転びそうになった。

まぁ、こんだけ距離があればいいか。

振り返り、胸に手を当ててからその手を握りこみ、男を見据える。

「〝重力三倍〟」

「な……っ！　ぐっ、なにしやがったっ！」

膝に手をつき、襲いくる重力の重みに耐え、こちらを驚愕の眼差しで見る中年兵に更に追加する。

「〝五倍〟」

「ぐっあっ」

とうとう倒れ込み、地面にべったりと張り付いた。

もうこちらを見る余裕もない男を見下ろしながら操駆して、縄の端を握った。手首が擦り剥けて血が出ているのは確認済みだ。

「〝解けろ〟」

縄はまるで意思があるかのように、わたしの腕から解けた。

やっと両手が軽くなった。血のにじむ手首を擦り、凝り固まって動かない肩を回して馴らす。

目の端に、まだ握り締めていた縄が、意思を持っているかのようにうねうね動いているのを見つけた。すこし、気持ちが悪いけど、あれ？　この動きって、そうだ！　アレだ。

急いで地面にへばりついている男のもとへいき、彼の腰にさがっていた短剣に手をかけた。

「ひっ！　ひぃっ」

わたしを恐れを込めた目で見上げて、動けないながらも必死で這って逃げようとする彼の顔は、恐怖に引きつっている。誰もあんたなんか殺さないっての。

胸のうちでそう呟いて、男の腰から短剣を取り上げ、すり切れた手首の傷に押し当てて血をつけてから、操駆をしてイメージを与える。

「〝わたしの意思により動く鎖〟」

シャラララ……。

軽快な音を立てて、短剣が剣先から解けるように細身の鎖へと変わり、軽やかな音を立てながら波打つ。鎖の先端は円錐でクルクルと円を描いている。

やればできるもんだね、これはあれだ、弟が去年のクリスマスに父さんにねだって買ってもらっていたアニメのＤＶＤ、それに出ていたピンク色の鎧を着る美少年戦士の武器をうろ覚えで模倣だ。

右手の中指に銀色の指輪が嵌り、そこから鎖が伸びている。

すぐに切れそうなくらい細い鎖だが、イメージしたのは不断不滅の堅固さだから、簡単に壊れることはないはず。

動きをイメージすれば、面白いくらいにそのとおりに動く。

「行け」

気分を出すのに、声を添えて右手をスッと前に伸ばし、正面にある木を狙う。

スコン
小気味よい音がして、鎖が幹を貫通した。あの程度で、貫通しちゃうんだ？　思いのほか威力があってびっくりだ！　慌てて戻そうとするが、先端の円錐が引っかかってなかなか抜けない。

ひとしきり引っ張ってから、形状を変えればいいと思いつき、円錐を針状に変えた。円錐がベターだったんだけど、仕方あるまい。

それにしても、コレ、攻撃に使ったら相手即死させかねないね。

うっかり、あの男に使わなくてよかった。と思いながら男を見れば、重力に負けたのか地面で伸びてた。……さすがに重力五倍はきつかったか。男が気絶しているのを何度も確認して、重力の魔法を解除し、両手両足を縄で縛っておいた。

それにしてもこの鎖、こうじゃらじゃらと垂らしておくのはさすがに邪魔だけど、武器がないのは心許ない。というわけで、鎖は外からわかりにくいように服の下に隠す。袖口から通して、胴体に巻きつけておけば、とりあえず防弾チョッキ的な役割もするし、隠せるし、一石二鳥だ！

気合と根性で動くのはこれくらいにして、とにかくご飯だ！　腹が減っては戦はできないしね！

そんなわけで、男の持っていた食料をすっかり食べ尽くしてしまいました！　久しく腹に物を入れてなかったけど、吐くこともなく、すべてを受け付けましたよー。

これも魔術師的な特異体質なのかな？　もっとも、日本にいたときも物心ついてから、一度も吐いたことないから、もともと胃腸が丈夫なのかもしれないけど。

多少お腹が満足した頃、やっとジェイさんがこちらの異変に気付いたのか、馬を走らせてくるのが見えた。蹄の音とか聞こえない距離で追跡してたんだろうな。

さて、どうするか。

もう捕虜になるつもりはさらさらない、他人の思惑で振り回されるのはうんざりだ。

だから、わたしは、馬に乗った彼が近づいてくるのをじっと見つめ、馬からおりてわたしの正面に立つ彼と無言で睨み合う。さすが兵士さんだよね、眼力に負けそうだ。

「なぜ逃げた」

低い声が、不愉快をあらわにしている。いつも陽気な雰囲気のジェイさんには似合わないよ。

「逃げないほうがおかしいでしょう」

あんな目にあわされて、黙ってろっていうほうが無茶だ。

「これは、任務だ」

言うジェイさんに、冷めた視線を送る。

「誰の？　わたしは、そんな命令を受けてないです」

「俺が昨日、申し伝えたはずだが」

「拒否しました」

気分が高揚し、それに触発されるように服の下の鎖が静かに動き出す。

「お前の承諾は求めていない。任務を遂行しないのなら、それなりの覚悟はあるのだろうな」

一体なにが、彼をここまで任務に拘（こだわ）らせるんだろうか。いや、これが兵士としての正しい在り方なんだろうか。

どちらにしても、剣を抜いた彼に、なにを言っても無駄だろう。

「丸腰の人間に、剣を向けるんですか？」

「それが任務ならば」

任務、ですか。

「剣を向けるってことは、自分がやられるって覚悟も、あるんですよね」

言いながら操駆し、指輪に手を滑らせて、そこから一振りの日本刀を出現させる、もちろん鎖は隠したままだ。質量とかまるっきり無視した素敵魔法だ。

「……出鱈目な魔法だ」

「なんとでも言えばいいです」

刀を正面に構えて、威嚇する。

彼が刀に意識を集中させているあいだに、服の中をとおり、ズボンの裾から出した鎖が地中をとおり、彼へと向かう。

「捕縛」

「な、にっ！」

土を巻き上げて現れた鎖に、驚いて咄嗟の判断ができなかった彼は、呆気なくその鎖に身柄を拘束された。

「くそっ！　てめぇ！　卑怯だろうがっ！」

「先に、丸腰の人間に剣を向けた人に、言われたくないですね」

刀は邪魔なので指輪に戻して、鎖でクルクルとジェイさんを縛り上げ、荷台にぽいっと乗せる。胸に手を当ててから握りこみ、鎖で縛り上げている彼に魔法をかける。

「〝眠れ〟」

「残念だな、血の盟約をした俺には効かねぇよ」

ニヤリと笑ったその顔にちょっとむかっとしたので、鎖をちょっときつめにキュッと締め上げた。

……ちょっと強すぎたかも。キュッとしたらクタッとなったジェイさんの、脈が正常で意識だけが飛んでしまっていることを確認してから、そっと荷馬車のうえに寝かせておいた。一応ホロもかけておく、直射日光よりはいいと思う。ザックリかけたから、隙間だらけで風がとおって涼しいと思うし。

泥だらけになった鎖を魔法で水を出して綺麗に洗って、また服の下に戻す。ふぅ、厄介ごとはとりあえずこれで片付いたよね。

魔法のドアでも作ろうかな。いき先は楓のところで……あ、この時間だと授業中かな？　休日ならいいけど、さすがに教室にドアを出現させるのはまずいよね。一刻も早く帰りたいけど、まぁ、夜まで待つくらいいいか。なんたって、もう自由の身だし、さっき食べた乾物でお腹も膨れてるし。

さて、じゃぁ夜までどうしようか？　近くの町でも探して、ご飯食べるかなぁ。

馬車の荷台に腰掛けて、ぼんやりと思いを馳せる。この世界にいるのもあと数時間かと思うと、名残惜しかったりもするな。

王都にいくまでに泊まった宿のご飯はどこもおいしくて、王宮の食堂のご飯も、オルティスに分けてもらった夜食もおいしかったなぁ。ああ本当、この世界のご飯って凄くおいしいんだよねぇ。

もうここのご飯、食べられなくなっちゃうんだ。こんなに便利で面白い魔法も、きっとこっちの世界じゃないと使えないんだよね。

それに、もう、ディーとも……。湧き上がる息苦しさと、胸の痛みに戸惑いながら顔をあげると、視界の端に踊る人を発見した。よく見ると、周囲の木々のあいだに剣を手にした人々がいて、すっかり取り囲まれてるーっ！

荷台からおりて頼みの綱の鎖を地中に這わせ、チラチラ気になる魔術師の操駆をどうにかしようとして、鎖が一定以上進まないことに気がついた。

便利魔法とはいえ、やっぱり限界はあるのか。大体二〇メートル圏内が射程距離ということは、把握できた。

面倒だし、ここは一発、皆さんに眠ってもらおうか、それとも、重力を加えて地面と仲良しになってもらおうか。

それにしても、この人たちはイストーラの人なのかな。皆さん、軍服ではないけど、いかめしいその雰囲気は兵士とか軍人とか傭兵とかいった人たちみたいで、殺気が怖くて泣きそう……。

とっとと、ドアを繋げて帰っておけばよかったかな。

自分にアドバンテージがあると思い込んでいたせいか、呑気にそんなことを考えていて、後方から近づいていた敵の存在に気付いたのは、敵の手に囚われてからだった。

「うぐっ！」

突然口を塞がれて、右腕を強い力で押さえられた。腕をひねりあげられ、容赦ない力に肩が外れそうになり、気を失いそうになったそのとき。

〝目を閉じるな！　耳を塞ぐな！〟

ディーに出会った最初、イストーラの魔術師たちに襲われたときに、ディーに怒鳴られた声が脳裏に響いた。目は閉じない、耳も塞がない。ここで、挫けるわけにはいかない！

わたしの最強である鎖よ、こいっ！

足元から土を巻き上げ、鎖がわたしを中心に渦巻きながら敵を弾き飛ばした。

「ひぎゃぁぁ！」

うしろで悲鳴をあげた男を振り返る。鎖の威力のためだろうか、男の両腕が千切れ飛んでいた。すぐに目を逸らし、直視はしない、できない。

威力が強すぎるってわかってたのに……。じわりと後悔が広がるが、周囲から向けられる殺気に、現実から逃避しそうになっていた思考を引き留める。

ズボンの裾から出していた鎖を右手の指輪まで戻す。

たったそれだけの隙も、敵は見逃さず、剣を振りかざした男たちが殺到する。

「鎖よ、防御せよ」

右手を上空に向けその先から鎖を円錐状にわたしの周囲を回転させる。何者の剣も通さず、何者の矢も弾き飛ばす、無敵の盾だ。

「化け物めっ！」

「王を惑わす、異界の魔術師め！　この地で尽きるがいい！」

「わが国を乗っ取ろうとしているのを知らぬとでも思ったか！」

多くの罵詈雑言が防御壁の向こうから浴びせられ、耳に、脳に、心に直接刺さりこんでくる。

なんのことかわからない。あの人たちが、なにを言っているのか、わからない。

なぜわたしに怒り、なぜわたしに殺意を向け、なぜわたしに剣を突きつける？　なんでわたしが殺されなきゃなんないの！　ふざけんじゃないっての！

そう思うのに、なにもできない。がなりたてる声がますます大きくなる、まるで耳のすぐ側で怒鳴られているみたいに、うわんうわんと頭に響き、怒声に意識が持っていかれそうになる。

「リオウ！　目を閉じるな！」

遠くから叫ばれた声に、ぼうっとしていた意識が引き戻される。

「ディー？」

遠くで、剣のぶつかる音がして、悲鳴が聞こえる。

渦巻いてわたしを守る鎖の壁の向こう、魔術師の周りにいた男たちをひとりの人間が凄い勢いで倒している。遠くなのにわかる。

木立の向こうなのに、あれが、ディーだってわかる。

敵だって強いだろうに、彼が一太刀振るうごとに倒れてゆく。魔術師にたどり着くと、無抵抗の魔術師を一刺しで地に転がした。同時に、頭にうわんうわん響いていた怒声が、消えた。

ディーは襲いくる敵を、問答無用で切り捨てる。怒号があがり、悲鳴と血が飛び散り、死んだ人が大半で、残りは致命傷で軽症なんてひとりもいない。殺意を持っている人間を、生半可なことで止めることはできないんだと。これが現実だと、生々しい。あまりに生々しい。

〝目を閉じるな〟

彼の声が聞こえる気がする。彼の目が、その剣が、その存在感が、戦う彼の姿から目を逸らすことを許さない。

やがて周囲は血の海になり、わたしの指輪からさがる鎖が、足元に力なく伸びた。

「リオウ……無事か」

肩で息をし、全身を返り血で染めた彼が、手を伸ばしてくる。

ジャラッ……。

足元で鎖が波打つ音を聞き、はっとして、鎖を踏みつける。こいつ、わたしの恐怖に呼応して防御を展開しようとした。

彼の、返り血に濡れた手が怖い。その恐れを、鎖は素直に感じて動こうとした。

「どうした？　リオウ」

訝しむ彼に、意を決して一歩近づく。

わたしを守るために、これだけの敵と戦ってくれた。この血はわたしも負うべき血。だから……怖くても逃げちゃ駄目だ。

「ディー……ありがとう」

震える手を伸ばし、彼の手を取る。彼は無言でその手を見つめ、おもむろに手を引き、その血まみれの胸にわたしを抱き込んだ。

息をすると、濃い血の匂いが肺まで入り息が詰まりそうになる。

「……私が怖いか、リオウ」

硬直しているわたしの耳元に、低い声で問いかけられる。いや、問いじゃない、確信だ。

「だが、これが私だ。もっと、ずっと多くの人間を屠ってきた」

背中に回されている手に力が込められる。

「お前が私を恐れても、私はお前を手放せない」

暫くそうして抱きしめられていると、ガタンと馬車の荷台で音がして、振り向いた先でジェイさんが起き上がって、周囲のようすに愕然としていた。

「これはどういうことですか、デュシュレイ隊長」

「…………」

無言でジェイさんを見ていたディーだったが、ちいさくため息を吐いてわたしを離した。

混乱しているジェイさんから、視線を外す。わたしは二人に……いや、ジェイさんに近寄れない、

「これらは、イストーラの兵だ」

「まさか、だってここはまだイフェストニアですよ。この人数を差し向けるなんて、馬鹿なこと」

剣を向けられた記憶が消えないから。足元で、鎖がシャラシャラと不安げに波打つ。

ジェイさんとディーが話しているあいだに、わたしは鎖を綺麗に洗って指輪へと戻した。出したままにしておくと、自分の不安や動揺とリンクして揺れるのが見ていてつらいから。だけどこれを手放すなんてできないから、指輪にして隠しておく。体から離さなきゃもとに戻ることもないし、質量を無視してるからこんなにちいさくすることもできる……少々ごついけれども。

早くここから立ち去りたいな。まだ息のある人たちのうめき声を、もう聞いていたくない、もう聞かなくていい、かな。

戦うのは終わったから、もう目を閉じてもいいよね？　耳を、塞いでも、いいよね……？

　薄闇の中、ぼんやりと目を覚ました。夕方なんだろうか、部屋の中が薄暗い。

　頭がズキズキと痛むのを感じながら上体を起こして、こめかみを揉（も）む。滅多にならない頭痛だ。ここは、どこなんだろう、なんだか埃（ほこり）っぽいし、鉄さびの匂いがする。

「目を覚ましたか、リオウ」

　声をかけられ、そちらに視線を巡らせると、窓際にディーが立っていた。窓枠にもたれて、腕を組んでいた彼を見て体が勝手に強張（こわば）る。彼が怖い。怖い？

　そんなわけない、彼を怖がる理由なんて……。逆光ながら、彼のズボンについたおびただしい量の血の跡を見つけて、なにがあったのか思い出した。

　ぶるりと体が震えた。彼に対する恐怖を知りたくなくて、部屋の中を見回せば、室内は閑散（かんさん）としていて、埃っぽく、人が永く住んでいなかったようすが見て取れる。狭い小屋で、狩猟小屋とか山小屋とかいった風情だ。その狭い小屋の中に、わたしとディーの二人だけ。

　そこの、寝台……というか、壁際に作り付けられている板の台のうえに寝かされ、彼の上着がかけられていた。痛む頭を堪（こら）えて起き上がる。

「ここは？」

「狩猟小屋だが、野宿よりはましだろう。ジェイは先んじて王都へ向かわせた」

　台の端に彼が腰掛け、わたしの頬へと手を伸ばしてきた。その彼の手から反射的に逃げそうになるのを堪え、その手を受け入れる。彼の指先は、冷たかった。

「どうする、リオウ」

突然された彼の質問の意味がわからずに、ただ彼を見返す。

「帰るのか」

帰る……。なにひとつ見逃さない視線で、わたしを見つめる彼の瞳から目を逸らせない。

「帰る場所はあるのか？」

問われて、首を傾げるわたしに、彼は物わかりの悪い子供に説明するときのように、ため息を吐いた。

「お前は時々とても抜けているからな……。お前を誘拐し、襲ったのがイストーラの兵だということはわかっているか？」

それはもちろん、わかっているので、頷いた。

「お前の帰るべき場所を、奴らが押さえているのは間違いないだろう。父や母を質に取られているかもしれない。まだお前にそれを知らせてはいないのかもしれないが、その可能性は低くはないだろう。一刻も早く父母の身の安全を確認したほうがいいだろう」

真剣な目をして、わたしの両親を案じてくれる彼を呆然と見る。

あ、あぁ、そうか……。彼はわたしがどこからきたのか知らないから、こうやって心配してくれるんだ。わたしはこの人に、ずっと本当のことを伝えてなかったんだ。

わたしは、わたしを命をかけて守ってくれる人に対して、ずっと、ずっと、不誠実なんだ……。

「リオウ……泣くな。いまやるべきことを、考えるんだ」

広い胸に抱きすくめられて、違うんだと首を横に振る。違う！　違う！　ちがうっ！　わたしはあなたに心配される価値なんかない……っ。

イヤイヤをしながら、彼の腕から逃れようとするわたしを、更に強い力で拘束する。

「リオウ、リオウっ。逃げるな……。逃げるなっ！」

抱き込まれ、身動きが取れないまま、だらだらと流れ出る涙を彼の服に染みこませた。

長い間、無言で抱きしめられた。変わらない強さで、ずっと、ずっと。

この腕に何度、助けられただろう。

彼はわたしを従者として保護してくれた。この世界にきて途方に暮れていたわたしに、居場所をくれた。敵から、命をかけてわたしを守ってくれた。そして愛していると言い、心をくれた。

今更、だ。今更こんなに多くのものをもらっていることに気付くなんて……。

おずおずと、彼の背中に腕を回して、ぎゅうと力を入れて、逞しい体にしがみつく。

「リオウ……」

彼の低く掠れた声に、胸が締め付けられる。わたしは……、わたしは、このまま帰っていいのだろうか。帰って、後悔しないのだろうか。

あっちの世界の日常に戻って、彼を忘れることができるのだろうか。後悔しないで、いられるだろうか。彼がいない、そう想像するだけで、胸がこんなに痛くなるのに。

でも、向こうの世界にいる家族にだって会いたい。まだ高校も卒業してない。こちらにきてどのくらいだろうか、行方不明のわたしだけど、あっちの世界でどういう扱いになっているのか、凄く心配だし。

ディーの気持ちなんか考えないで、ひと夏の思い出ってことで、さっさと向こうの世界に帰って、ああ、大変だったけど、魔法も使えて楽しかった、ってそれでもう、この世界を思い出の中だけのものにしちゃえたら。そうしたら、どんなに、どんなに楽だろう……っ！

だから……。だから、わたしはこの人に話さなきゃならない。もうこれ以上彼にうそをつき続けることはできないから、ちゃんと説明しなきゃ駄目だ。

抱きしめていた腕を緩めて、体を離して顔をあげると、そこに吸い込まれそうな彼の藍色(あいいろ)の瞳があった。そっか、この色って、夜空の色だ。

その夜空が近づいてきて……、強く唇を奪われた。いつもされているように？　いや、いつもされているよりも、強く。

「んっ！　んんっっ！」

何度か唇を離して、酸素はくれたけど、息をつくとすぐに唇が塞がれる。彼の背中を、叩いて、引っ張って、両手で顔を掴んでなんとか、顔を剥がした。

「なっ、なっ、なにしてんですか！」

「口付けだ」

顔を真っ赤にして叫ぶわたしに、彼は涼しい顔をして言う。口付けだ、じゃないっ！

「こ、こ、こんなときに、血の盟約なんてしなくたっていいでしょう！」

「血の盟約じゃない、口付けだ」

そう低い声で言われる。

「お前に〝血の盟約〟をしたのは最初の一度だけだ」

「はぃ？」

首を傾げるわたしに、ディーは口の端をあげる。

「気付いていているのだろう？　私はいつも血の盟約ではなく、リオウを欲してこの唇を奪っていた」

唇を指先で撫でられ、背筋がぞわっと震える。咄嗟に彼の胸に両腕を突っ張って、なんとか距離を取った。危ない、これ以上聞いちゃ駄目だって、本能が危険信号出してるよっ。

「その話は、あとで！　まずは、話を！　話を聞いてくださいぃ！」

ぐいぐいくる彼を、なんとか押しとどめて、彼の前に正座で座り、説明をはじめる。

きっと、この話を聞けば……、もう好きだなんて、簡単に言えなくなるよ。

わたしの故郷はイストーラではなく、違う世界にある日本という国だということ。この世界にきたのには、わたしの友人である木下楓さんが関わっていて、彼女はイストーラに関係のある人であるらしいこと。そして、一番重要なのが——。

「それでね、楓の話だと、わたしは魔法を使って向こうの世界に帰ることができる、みたいなの」

視線を落としてそう締めたわたしの話を、最初のうちは訝しんで聞いていた彼だけど。暫く沈黙して、それから肺の息をすべて吐き出すようなため息を吐いた。

「いままでの非常識さや、ありえない魔法の使い方を見ているからな。信じるしかないだろうな」

そっと髪を撫でられ、強張っていた肩の力を抜くと、体を持ち上げられて彼の膝のうえに横向きで座らされた。

膝のうえに座って近くなった、彼の目を見上げる。

「ディー……ずっと、黙っててごめん」

ディーの目を見続けることができず、視線を落とし、ギュッと膝に置いた拳を握る。頭上でため息を吐かれて、わたしは緊張して、更に強く拳を握り締めた。

「それで、どうするんだ。このまま、魔法でニホンとやらに帰るのか？」

「え……っ、あ……」

咄嗟に頷けなかった自分に、戸惑う。

「私はお前に行って欲しくない。両手を縛り、操駆をできなくして、閉じ込めてしまいたいと思っているんだが……」

まさかの監禁宣言！　びっくりして思わず引きつった顔をあげたわたしに、彼は苦笑する。

「やる気なら、とっくにやっている」

で、ですよねー？　え、ちょっと待って、やる気なら、やってるんだ？

「だが、帰ると即答しないということは、こちらに未練があるのだろう？　その未練には、私も含まれていると、自惚れてもいいか？」

低い声で耳元で囁かれ、頬を寄せられる。

な、なんだろう、顔が熱いうえに心臓が元気に喚いてるんですけどっ！

「お前が私と共に在ることを決断するならば、私はお前を守り抜くことを誓う。お前を害する、すべてのものから守ろう」

誓いを立てるように、わたしの手を持ち上げてその甲に唇を当てる。その真剣な眼差しにうろたえてしまう。

い、いままで生きてきて、こんなに猛アピールされたことなんてないし。

どうして、彼みたいな大人の男の人が、わたしみたいな子供にこんなことをするのかわからない。

幼児趣味というにはわたしの歳がいきすぎてるし、可愛いところなんかない自覚はあるし、どちらかというと顔立ちは父に似て男っぽくて、よくいえば中性的。

食指の動く要素がない、と思います！　率直にそう聞いてみました。

すると、彼はすこしだけ体を離して、頭の先から足の先までわたしを見て、口元を緩めた。

「お前のことで、厭うところなどひとつもないな。いや、ひとつあげるとするなら、その年齢か？　まだ成人の一五歳に満たないお前を、私の伴侶にすることができないのが、たったひとつのお前の汚点だ」

きょとんとして、首を傾げる。

「成人は二〇歳ですよ？」

「一五だろう」

じっと顔を見合わせ、背中にたらりと冷や汗が落ちる。

「二年半待てということは、一七か？」

「じゅ、じゅうななさい、です……」

一二歳と誤解してたんですね。そ、そんなに子供に見えましたか、っていうか、一二歳を嫁にしようとしてい……いやいや、年齢の話になったのは、告白されてからだから、それは違うか。

「随分大人びた一二歳だと思っていたが。そうか、一七か」

嬉しそうな声と共に、唇に触れるだけのキスをされた。唇だけじゃなく、頬や額、顔中にキスの雨。

それから、きゅうっと抱きしめられる。

「愛している、リオウ」

掠れたような低い声で囁かれ、背筋がぞくりと震えて思わずディーの服を握り締めた。

駄目なのに、わたし、日本に帰るから駄目なのに。愛してるって言われて嬉しかった。嬉しいと、思ってしまった。逞しい腕に抱きしめられて、どうすればいいのかわからなくて、ぐしゃぐしゃになってしまった感情が胸を痛ませて、涙が零れる。

「リオウ、泣くな」

「だって……っ。ディーが愛してる、なんて言うからっ」

彼の膝に乗ったまま肩口に顔を伏せて、嫌々をするように頭を振る。

「泣く程嬉しかったのか」

からかうような口調で、空気を和ませようとする彼をぎゅうっと抱きしめた。

「……嬉しかった。だって、嬉しかったんですもんっ！」

ああもうっ！　本当に、そうなんだから、もうどうしようもない……っ。

「馬鹿だな」

ため息を吐くように彼がそう漏らして、わたしの顔をあげさせる。馬鹿って、どういうこと？

「そんなことを言われたら。もうお前を、逃がしてやることができないじゃないか」

怖いくらいに真剣な彼の瞳に、胸がいっそう苦しくなる。だけどそれはつらいものじゃない。

「王都に戻ったら、神殿で誓約するぞ。いやその前に、両親に挨拶(あいさつ)に伺わねばならんな」

「えっ？　挨拶？」

「リオウのところではしないのか？　伴侶を育んでくれたお互いの両親に、感謝と敬意を込めて挨拶をするんだ。私の両親は王都から遠いから、まずはリオウの両親に会いにいこう、魔法でいけるのだろう？」

「ええと、はい、多分。あっ！　その前に、楓のところにいってもいいですか」

渋い顔をする彼に、そういえば夢の中ではあまり仲がよさそうではなかったなと思い出す。

「実家にいく前に、わたしがいないあいだのようすとかを聞いておきたいし。あっちの世界には、魔法がないから、きっと両親をびっくりさせちゃうから……。駄目？」

駄目って言われたらどうしようかな、でもきっと、ディーならわかってくれるよね？　駄目って言わないよね？　彼の藍色の瞳とすこしのあいだ見つめあい、それからチュッと彼の唇がわたしの唇を掠めていった。

「仕方ないな」

抱きしめられて頬ずりされた。クソ可愛いな、なんて呟かれたのは、そ、空耳だよね？

第五章　楓、異世界へ

いまはもう夕方だし、楓のところにドアを出しても問題ないかな。こちらの時間と、向こうの時間が同じなのは確認済みだから、大丈夫。ディーとわたしの服の汚れも綺麗にしたし、よし。

狩猟小屋に一カ所だけあるドアの前に立つと、斜め後ろにディーが仁王立ちし、わたしを見守ってくれる。

胸に手を当て、深呼吸してドアをイメージして、手を握りこんで操駆を完了させる。

「〝扉よ、繋がれ。木下楓のところへ〟」

手のひらをドアに当て、ドアが異界を繋ぐイメージを送り込み、繋げたい場所を宣言してドアを押し開ける。あ、なんだか一気にお腹が減ってきた。

「良くんっ！」

「楓！」

開けた途端、セーラー服を翻してぶつかるように小柄な体がしがみついてきた。

わたしも彼女の体を抱きしめる。わたしが転ばないように、うしろに立ったディーが支えてくれ……違った。グッと彼の腕の中に囲われた。

「ちょっと！　感動の再会に水を差さないでよっ！　デカ男っ！」

「くっつきすぎだ」

あ、あれ？　はじめて会うはずなのに、二人共随分仲がよろしくないね。

「え、ええと、あの、二人共はじめましてだよね？　自己紹介とかしない？」

「いやねぇ、一度会ってるじゃない、夢の中で。まぁ、でも、ハジメマシテ、木下楓です。イフェストニアの五番隊隊長、狂犬のデュシュレイ・アルザックさん」

そう言っていい笑顔で手を差し出した楓に、ディーもわたし越しにその手を握った。大人と子供くらいに手の大きさが違うなぁ。あ、楓が指が白くなるくらいディーの手を握り締めてるけど、彼にはあんまりダメージはなさそう。

「デュシュレイ・アルザックだ、イノシター・カディ。お前のことはリオウから聞いた、いろいろ言いたいこともあるが、この地にリオウを寄越してくれたことには感謝している」

機嫌がよさそうな声の彼とは対照的に、彼女は苦虫を数匹まとめて噛みつぶしたような顔をし、それからハッとしたように握手している彼の手を払って、わたしの顔をじーっと見た。

「心なしか、色気が増してる気がする。まさかとは思うけど、良くん、この男と……」

「リオウとわたしは、遠からず結婚する。両親への挨拶が済めば、すぐにでもな」

「あなたに聞いてないわよっ！　ああ、なんてこと！　良くんが押しに弱いってわかってたのにっ」

両手で顔を覆う彼女は、なんだか凄く打ちひしがれている。

「無理強いされたのなら言って！　私がどうにでもするからっ！」

無理強い？　どうにでもって、どうするんだろう？　手段がわからずに、首を傾げる。

「無理強いなんてされてないよ。ディーは優しいいし、いつも守ってくれるよ。ねっ」

まだ背中にくっついている彼を仰ぎ見れば、見下ろす彼が微笑んでくれた。ああ、鋭すぎる視線が柔らかくなって、凄くカッコイイ。胸がドキドキと、鼓動が早くなる。

「吊り橋効果？　いろいろありすぎて、吊り橋効果で恋愛感情だと勘違いしてるんじゃ――」

ムッとして、ビシッと彼女の頭に手刀を落とす。あれ？　なんかデジャヴを感じる。

「勘違いじゃなくて。間違いなく、大好きですっ。カッコイイし、強いし、優しいんだから。好きにならないはずないよ！」

うしろから抱きしめられ、顔が一気に熱くなり、両手で顔を隠す。あああ、恥ずかしいっ。本人の前でなに言い切ってるんだろうっ、もうっ！

「あー、はい。わかったわ、うん、惚気は、独り身にはつらいですっ」

泣き真似をする彼女のテンションは今日も高い。

「ねぇ、本当に、アルザック氏と結婚するの？　もう、日本には戻らないの？」

「うん……多分」

思わずさがってしまった視線が、わたしの前で交差する彼の腕を見つけて、なんとなくその逞しい腕に触れる。

「この扉でするように、一瞬で繋がるのであれば、いつでも里帰りできるのではないか？」

優しい彼の声に、驚いて顔をあげる。

「私の妻となることで、両親と会えなくなるということはないんだぞ」

「え？　えっと、そうなの？」

「なんだ、それならよかったじゃない！　あ、でもあと三ヶ月弱で高校卒業だよ」

「三ヶ月弱……あ、そっか。こっちはまだ秋だけど、そっか、そっちはもう冬だよね」

季節がずれているのを思い出したわたしに、楓は嬉しそうに続ける。

「良くんは、休学になってたはずだから。復学したら、もしかしたら一緒に卒業できるかも！」

「えっ、卒業、できるの？」

自然と諦めていた高校卒業の可能性に、思わず声がうわずる。

「っていうか、わたし、あっちでどんな扱いになってるの？　行方不明で捜索願とか、出てたりするのかな」

「それは、出てる。本当にごめん、ご両親にちゃんと説明できなくて」

「そっか……そうだよね」

きっと、探してくれてるんだろうな……。学校祭で演劇をやったあと、行方不明になったわけだから、きっとそれから学校も大騒ぎになったりしたのかもしれない。恐ろしくて聞けないけど。

「あ、そうだ、コレ、解除しておかないとね」

そう言って、楓はまだ半開きのドアの前に立って、額に右手の指先を当て、その手をスッと胸の位置までおろしてからその手をドアに向けた。これが彼女の操駆なのかな、やっぱりひとりひとり違うものなんだ。

「〝解除〟」

するといままで楓の部屋に繋がっていたドアの向こうが、一瞬にして暗い森の景色になった。彼女は一瞬ぱちくりと、その黒目がちの大きな目を瞬かせて驚き、確認するようにドアから顔をだして、周囲をキョロキョロと見回していたが、そのドアをディーが閉めてしまった。

「近くに敵兵がいないとも限らない。迂闊な行動は控えてくれ」

「敵兵？　ちょっと待って、ここってどこなの？」

戸惑うように彼女に尋ねる彼女に、彼は冷たい表情を返す。

「イストーラとの国境近くの狩猟小屋だ。イストーラの小隊に襲われ、時間を食ったから、ここで夜を明かすつもりだ」

「小隊って、軍隊のよね？　まさか、そんな……。だって、王様に良くんを保護してって、ちゃんと頼んだのに、なんで襲われてるのよ」

「だからだろう。だから、リオウを攫いにきたんだろうがっ」

ディーの低い怒りの声に、楓がびくりと身を竦ませる。ううっ、すきっ腹に彼の声が響いて、ちょっとつらくなってきた。

「イストーラの国王は傀儡だと噂されているからな。王の勅命すら、守られていない可能性などありうるだろう」

「傀儡……」

ショックを受けている彼女に、かける言葉が見つからない。そんなわたしよりも、彼女が復活するほうが早かった。

「それは本当なの？　良くんも、イストーラのほうが悪いみたいなことを言っていたけど」

真剣な話をしている二人には悪いけれど、本当にもう、我慢できない！　どこか落ち着いてご飯が食べられるところにいかなきゃ。異世界にドアが繋がるなら、同じ世界ならもっと簡単だよね！

「二人共っ、こんなところで立ち話もなんだから、家に帰るよっ！」

「えっ？」

驚いてわたしを見る二人にかまわず、操駆して手をうえにあげて、振り下ろす。

「〝帰宅〟っ！」

バシュン、という効果音と共に、光の輪がうえからふってきて、一瞬後にわたしたちは、イフェストニアの王都にある、ディーの家にいた。あ、更にお腹がすいたぞ？　もしかして、魔法を使うとお腹がすくのかな？

「無事、帰宅完了っ！　ご飯作ってくるねっ！」

「え、あ、良くんっ」

誰にも邪魔はさせない！　灯りの魔法で台所を明るくしてから、冷蔵箱を漁（あさ）って肉と野菜を取り出して、欲望のまま切り刻む。いや、まどろっこしい、魔法を使って皮むきとカットを終わらせて、大きい鍋に油を引いて肉と野菜を炒めて……まどろっこしいから、炒めるのは省いて水を入れて加圧する。よし、柔らかくなった！　あとは味付けをして完了っ！

これだけじゃ足りないな。肉を追加で取り出して、シンプルに焼く。キャベツを魔法で千切りにして載せた皿のうえに、焼けた肉を盛っていく。無茶苦茶魔法を使ってるけど、大丈夫、ディーと楓しかいないし！　魔法を使ってお腹がすいても、すぐに補給するからっ。

「はい、いっちょあがりっ！　ご飯にしよう！　いただきますっ！」

過去最短時間で作り上げた夕飯は、それでもバッチリおいしい。スープと焼いた肉を黙々と平らげていく。軽く三人前は食べて、やっとお腹が落ち着いて周囲が静かなのに気付いたら、楓にガン見されていた。

「良くん、そんなに食べるほうだっけ？」

「魔術師って、魔力が多い程お腹が減るんだって。こっちにきてから凄くお腹がすくようになったんだよね。楓も、魔力があればお腹がすくようになるよ？」

イストーラの兵士に拘束されてて、満足にご飯を食べれなかったせいもあるけど、それは言わないでおこう。

「そんなこともあるのね、本当に知らないことばっかりだわ。ごめんね、こっちの世界にひとりにしちゃって。本当ならその日のうちに私もこっちにきて、良くんのことはすぐに帰す予定だったのに。私もパニクってるうちに手の施しようがなくなってたの……」

楓が謝ってくれるけど、許すために頭を振ることができず、ちいさく苦笑いした。笑って済ませてしまいたかった。

「それは、謝って許されるような話なのか。リオウもだ、許せないならそう言えばいいだろう」

「ディー……」

じっと、ディーの目を見つめる。

逸らされることのない真っ直ぐなその目に励まされ、腹を括った。

「うん、そうだね。楓、あのね、こんな危険なことに説明もなく巻き込んじゃ駄目だよ。わたしはディーに出会うことができて、保護されたから、こうやって再会することができたけど、もしかしたら最初にイストーラの兵士に会ったときに、殺されてたかもしれないんだよ」

「……うん、説明ができなかったのは、ごめんなさい。でも、危険なのは、知ってた。それでも、良くんをこっちに送らなきゃならなかったの。私の魔力は大きすぎて、こっちの魔術師が繋げることのできる通り道に、通らなかったから。私よりも魔力がちいさくて、でもこっちの魔術師が束になっても敵わない魔力を持ってる良くんに先にきてもらうしかなかったの」

「ええと、それじゃまるで、楓が凄い魔術師みたいだけど」

戸惑いながらそう突っ込んだわたしに、彼女ははにかんだ笑みを見せる。

「イストーラの王様の言葉が本当なら、こっちの大陸を焦土にできるくらいの魔力量はあるらしいのよ。良くんも大陸の半分は焦土にできるみたい」

「物騒っ！」

なんだその災害っぽいの！　弟の本で読んだ、特定災害指定人物とか、そういったカテゴリーに入っちゃうヤツだよねっ。

「エネルギーは、使い方を間違えなければ、有益なものです」

キリッとした表情で宣言した彼女に、そりゃそうだけどさ、と肩を落とす。それだけ大きな魔力を持っているっていうのが怖いって思っちゃうのは、わたしが小市民だからかな。

「ところで、アルザック隊長に、恥を忍んでお聞きしたいのですが。私はイストーラの王から、イストーラは実り豊かな国土で、それを妬ましく思うイフェストニアが侵攻を繰り返していると聞いていたんですが、もしかして、実情が違ったりします？」

身を乗り出すようにして、声を潜める彼女に、ディーはため息を吐いて頷いた。

「先程穀倉地帯だと言ったが。イストーラは魔術師の国でもある、いや、そちらのほうが有名だ。彼の国では、魔術師であるなしでその待遇にも大きく差がある。確かにイストーラの土地は肥沃ではあるが、近年は治水等の事業が手薄で、大雨や旱魃等に対する備えが低い。ここ数年は天候不順が続き、作物の収量も少ない。それを補うために、貿易の関税をあげた」

うわぁ、まるで、社会の授業だ。

遠い目をしているわたしをよそに、ディーと楓は情報交換を行っていた。口を挟まず、じっと聞いていた結果。なんとなーくわかったのは、イストーラは現国王になってから好戦的になり、ちいさい諸国に無理を言って、無理が通らなきゃ魔術師を使って武力で無理を通すようなやり方をしてるってこと。イフェストニアも、何度もイストーラから喧嘩を売られたけれど、なんとか水際で押しとどめているとのこと。ちなみに楓が聞いていた話は、周辺国がイストーラの肥沃な国土を狙って攻撃を仕掛けてきていて、それの防衛のために力を貸して欲しいと請われているとのことだった。

「あああああ、まーじーかぁぁぁ。防衛じゃなくて、侵略のための火力でしょ、これって。でも、とりあえず、私は一度自分の目で確かめたいから、今日はこっちに泊めてもらえる？」

ニッコリと笑った彼女に、もちろん、と頷く。

その後、三人で食後のお茶をしながら話していたことのほとんどは、魔法のことで。わたしがこっちにきてから使った魔法や、楓が向こうで考えてきた魔法のことなど。

えぇと、楓さん？　攻撃をするための魔法の種類がやけに多かったのが、大変気がかりなのですが。

お、おかしいなぁ、委員長って、落ち着いた人だと思ってたんだけど。

「やっぱり、思い立ったが吉日っていうし！　ちょっといってくるわ」

「え？　ちょっと！」

わたしが戸惑っているあいだに操駆をして、彼女は台所にあるドアに魔法をかけた。

「〝イストーラの王様〟」

ちょっと、どこにいこうとしてんですか！

「やめんか！」

「〝解除っ〟」

ディーが楓を取り押さえるのと、わたしが楓の魔法を解除するのは同時だった。だよね！　さすがに無茶だよね！

そして、彼女の魔法を解除しただけなのに、一気に小腹がすいてきた。

「なんでよー？　大丈夫よ、やられたりしないってー！」

「そういう問題じゃないっ！」

「せめて魔法を練習してからいけ」

いやいやいや、ディーさん、そういう問題でもないと思うのです。

「一国の王は、付け焼刃で攻略できる程、容易くはない」

真面目な顔で言う彼に、楓も真顔で頷く。

「そうね。すこしは練習しておこうかしら」

「そうしておけ。どうせあの扉ですぐにいけるのなら、そう焦る必要もないだろう」

な、なんだか危険な方向に話がまとまってしまいそうなんですけど！

「と、ところで、ディー。お仕事、どうしたんですか？　今日は、お仕事の日でしたよねっ！」

強引な話題転換に一瞬間が空いたが、ディーはすこしだけ苦笑してわたしの頬を指の背で撫でた。

「お前が誘拐されて、呑気に仕事などしていられるか？」

「あ、はい、そうですね」

スッと目が細められて藍色の目が優しくて、胸がざわざわする。

「ストーップ！　イチャイチャは二人だけのときにしてね」

楓の制止の声に、はっとすると同時に顔が熱くなる。い、イチャイチャしてるわけじゃないんだけどなっ。

とにかく今日は休もうということになり、楓を客間に案内する。家具にかけていた布を取り去り、シーツを新しいものに取り替えた。

わたしが使っているパジャマっぽい服を渡す。

「ありがとう。いろいろとごめんね良くん」

本当に申し訳なさそうにそう言う楓に。

「なにが？」

反射的に思わず聞き返してしまったが、まぁ確かにいろいろ困ったことはあったよなぁ、と思い直し苦笑する。でも、まるっきり恨めないのは、この世界が嫌いじゃないからだろうな。

うん、嫌いじゃない、もっと言えば、好きかもしれない。人が死んだり、殺されそうになったりもしたのに……なぁ。

「明日は魔法の練習しよう？　そして、イストーラの王様に文句言いにいこうね」

「良くん……。そうだね、あの馬鹿をとりあえずシメてこなきゃね！　おやすみ」

「王様を、馬鹿って言うのは駄目だよ。おやすみ」

ちょっと復活したらしい楓の笑顔に、ホッとしながら部屋を出る。

「イノシター・カディは寝たのか？」

「イノシター……？　ああ、木下楓……とりあえず呼び方は、明日楓と相談しましょうか」

「なんのことだ」

怪訝(けげん)な顔をするディーに発音がおかしいことを指摘しておく。なんで名前は、ちゃんと翻訳されないんだろう。

「楓はもう部屋で休むそうです」

「そうか」

ディーに呼び寄せられて、ソファに座る。テーブルにはグラスが二つ用意されていたので、燭台(しょくだい)の蝋燭に火をつけ、照明の魔法を解除する。魔法もいいけど、こういう天然の灯りは心をほっこりしてくれていいよね。

深くソファに座り、彼に渡されたグラスを両手で持って蝋燭の揺れる灯りを見つめる。

グラスにはたっぷりの氷が入れてあって、そこに葡萄の果汁が注がれていてよく冷えている。ディーのグラスには葡萄酒かな。

ちびりちびりと口をつけていると、横に座る彼にそっと抱き寄せられ、すこし戸惑いながらもその肩にもたれかかる。

「……リオウが無事で、よかった」

ポツリと漏らされた声に顔をあげると、彼がじっとわたしを見ていた。

「うん……」

無事という言葉から脳裏を血の海がよぎり、手にしていた濃い紫色の液体から目を逸らす。いままであまりにもバタバタしていて、すっかり忘れていたけど。

肺の奥から息を吐き出して、フラッシュバックしかけた映像を振り払う。

なにかに気付いたのか、ディーがわたしの手の中からグラスを取り上げ、テーブルに置く。

「リオウ……」

呼びかけられて見上げれば、顎を指で捕らわれ唇が重ねられる。ちゅっ、ちゅ、と音を立てて何度もちいさく啄ばまれた。

「いかんな、止まらなくなりそうだ」

喉の奥で低く笑いながらそう言う彼の唇が、唇から頬、頬から首筋へと滑り落ちる。

「え、あ、あの、ディ……？」

戸惑って彼の服を掴むと、宥めるように背中を撫でられ、もう一度唇が塞がれた。息苦しいそのキスに息も絶え絶えになった頃、やっと唇を離され。ぐったりとしたわたしは、彼に横抱きにされて寝室まで運ばれてしまった。

「おやすみ、リオウ」

「おっ、おやすみな――」

ベッドに入ったままでもう一度唇を塞がれ、ダメ押しのキスでクラクラになって、そのまま許容範囲オーバーの事態を処理できずに、寝落ち。

あの凄惨な光景を思い出させないための、ディーの配慮……なのか？

◆・◇・◆

翌朝、起き抜けに思い出してしまった昨晩のキスに、ひとしきりのたうちまわってから、これじゃいけないとベッドから這い出して朝食を作る。

ディーはすでに仕事へ出てしまった、今回の経過をロットバルド隊長に説明するためだ。六番隊のジェイさんが絡んでるってことは、ロットバルド隊長も関係があるってことだもんね。

従者の服は着ているけれど、今日は楓がいるので仕事に出なくてもいいって言われたから、ゆっくり休もう。昨日まで散々な目にあってたし、気力と体力を回復しなきゃね。

自分と楓のために、冷蔵箱にあった卵でオムレツを作り、ベーコンを焼いてパンを切り分ける。すっかり食事ができあがったのに楓はまだ起きてこない。空腹に耐えきれなくなって、楓を起こすべく客間へと向かったが……。空のベッドには、人が入った形跡もなかった。

「ふむ？」

これは、イストーラの王様のところに、殴り込みにいったってことだよね。それも、昨日のうちにってことは、今更追いかけても遅いかな。

「とりあえず、腹が減っては戦はできぬだもんね」

用意しておいた二人分の朝食を平らげ。……ペロッと食べれちゃったよ。どうしよう、最近本当に食欲が凄いけど、これ、本当に大丈夫なのかな。

心配になりつつ後片付けをして、客間をもう一度確認しにいく。

「やっぱり、帰ってきてない」

わたしよりも凄い魔力だっていう彼女なら、きっと、夜のうちに解決して帰ってくるつもりだったと思うんだ。それが、帰ってきてないってことは……不測の事態って可能性が濃厚だよね。

「ううむ」

振り向いて、自分が入ってきたばかりのドアに向かう。嫌な予感が当たってなければいいなぁ。

右手に指輪があるのを確認してから操駆をし、ドアに魔法をかける。身ひとつでもいけるけど、ドアを介したほうが、気持ち的に楽だと気付いたのでね。

「〝楓のところへ〟」

宣言し、ドアを開ければ……。うわっ、臭っ！　なかなか酷い臭いっ。

はて、これは、牢屋？　四畳半くらいのスペースを囲んでいるのは石の壁で窓には鉄格子、ドアは鉄格子の出入り口と繋がっていて、一帯には嫌な臭いが漂っている。

「んー！　んーんー！」

いやいや、牢屋を物珍しく観察している場合ではなかった。楓がその狭い牢の中で手足を縛られ、轡をされて汚い床のうえに転がされている。

彼女の口を塞いでいる布を外して、両手足を拘束している縄を魔法で解いた。

「良くんっ、ありがとう」

自力で目隠しを外した彼女が、憔悴したようすでわたしに礼を言って、すぐさま体に清浄の魔法をかけていた。うん、汚いもんねこの床。

「いえいえ、どういたしまして。ところで、ここって、イストーラ？」

「うん、そ――」

言いかけた彼女とかぶるように、遠くからドアが軋む音がして、複数の人間の足音が近づいてくる。

見回りの兵士の人かな。

「っ！　牢番がきたわっ、〝解除〟っ」

なにを思ったのか、彼女がドアの魔法を解除してしまったので、ディーの居間と繋がっていたドアの接続が絶たれる。ただの鉄格子に戻ったドアを見て、首をひねる。

「あれ？　帰らないの？」

「あ？　あぁぁっ！　その手があったっ。とにかくドアの存在だけは隠さなきゃと思っててっ！」

なんだかわからないが、かなりテンパっている彼女のことが気になるけど、目下の重要事項は近づいてくる足音だ。

「見つかったらまずいんだよね？」

「も、もちろんっ」

青ざめる彼女から事情を聞くのはあとにして、操駆する。

「〝光学迷彩〟」

先にわたしたちを視認できないようにしておいて、指輪から伸ばした鎖で鉄格子を掴んでから魔法で人が通り抜けられる程度の穴を開け、切り取った鉄棒をそっと床に置いた。

その穴から出ようとする彼女を捕まえて、腕の中に抱きしめて牢屋の隅で息を殺す。

「透明になる魔法をかけたから大丈夫だよ、誰もいなくなってから落ち着いて逃げよう？」

腕の中に囲った彼女の耳元で囁くと、コクコクと頷かれた。複数の足音がどんどん近づいてくる。

なんだかかくれんぼしてるときを思い出すなぁ。胃が持ち上がるような焦燥感というか、恐怖心みたいなもので、お腹のあたりがざわざわしてたまらない。

やがて現れたのは、豪奢なマントを羽織った、明らかに王様だろうって感じの線の細い男の人と、やたらと金の装飾を凝らしてある魔術師服を着て、豪華な杖をついている小柄な男性だった。男性は超普通におっさん顔なので、豪華な服がとても似合わない、どんな仮装だと突っ込みたいのを我慢する。二人に続いてきた人も魔術師の服を着ている。

「なんだ！　これはどういうことだっ！　居らぬではないか！」

「……逃げられたようであるな、宰相よ」

慌てるおっさんに、冷静に判断する王様。おっさんは宰相なのか。

「ただちに捜索を開始しますっ！」

他の魔術師のひとりが走ってもときた道を戻ってゆき。王様が鉄格子に近づいて、マントが床につくのもかまわずにしゃがんで、切断したばかりのそこを見ている。

「それにしても、見事な切り口だ。鉄がこのように切断されるとは」

「そんなものは、どうでもいいでしょう！　あの女を救出したのは、風か水系統の魔法を得意とする魔術師か、くそっ。まだ、我々に楯突く魔術師がいたのかっ！　やはり、見せしめに反抗した魔術師を粛清すべきだったのです。王よ、あなたが生ぬるいからこんなことになるのだ！」

「魔術師は国の宝だと、常々言っておるのは、そなただろう」

細い声で王様が反論すると、宰相は苛立ったように、手にしていた杖で牢の鉄格子を叩きだす。ガンガンと鳴らされる耳障りな音に、腕の中の楓が身を震わせる。王様も、耳障りなその音に、僅かに顔をしかめていた。

「しかし、あの女があちらに取られたとなると、厄介な話ですぞ。あれは我らの手の内にあってこそ活かせる兵器。一度、我が術をかけたとはいえ、かかりは浅いはず。王よ、夢渡りでは、しっかりとあの女の意識に我が国の窮状を訴えたのでしょうな」

「ああ、お主に言われていたとおりに我が国の現状を伝え、彼の国への敵対心をあおってある」

鉄格子をためつすがめつ見ていた王様が立ち上がり、カッカしている宰相と向き合う。

それにしても王様ってば、あんな酷い言い方をする宰相を相手に、凄くおおらかだよね。もしかして、宰相のほうが王様よりも立場がうえということなのかな。摂関政治的な？

「本当でしょうな？　まぁ、イフェストニアに捕まってしまったあの愚鈍な異世界人は、我が手の者に捕らえさせ、護送中でありますが。愚鈍だからこそ、使い勝手がいいと思いたいところですな。一応、捕獲を命じた部隊には死なぬ程度に痛めつけて、連れてこいとは申し付けてはありますから、程よく仕上がった頃に到着して、わたくしめの魔法を受け入れやすくなっておるでしょう」

「死なぬ程度に痛めつけるとは、年若い娘には酷ではないのか」

聞き返した王様に、宰相は鼻で笑いながら、身を翻して歩き出す。

「我らの手を煩わせた者に、情けをかける必要があるとお思いか？　王よ、いつも申し上げているが、王たるものは、何人をも従わせる畏怖を持っていなければなりません、ぬるい態度で侮られていては、付け入られる隙となるやも知れぬのですぞ。それに、あやつらは我らのためにある兵器なのですからな、情などかけるものではありませんぞ」

暗がりでもわかるくらい顔色の悪い王様を尻目に、朗々と講釈を垂れる宰相は、ゆっくりと歩きながら、近くの檻を靴の先で蹴る。

「貴様も、我々に背くなどという愚を犯すから、こうなるのだ。這いつくばり、情けを請う気にはなったか？　ん？」

「だ……れが、屈する……ものか……っ」

蹴られた檻から掠れた声が答えると、宰相は目を見開き、杖を檻の中へ差し込んでいる。なにかを殴る鈍い音が数度して、声は聞こえなくなった。

「宰相よ、かつてはその者も、我を守る聖騎士であったのだ。罪人に貶めてなお、無体を強いる必要はあるまい」

王様の淡々とした声に制され、宰相はギロリと血走った目を王様に向けると、いっそう激しく牢の中に杖をつきこんだ。殴打の音に、耳を塞ぎたくなりながら、ギュッと楓を抱きしめた。

「王は、本当に、お優しくて、いらっしゃいますな！　諫言を、よくよく聞く、よい王にございまして、あなた様の指南役として、実に、実に、実に嬉しい限りですぞ！」

殴打の音が響く。

「……うむ、お主がいなければ、我はここまで成してはおらなんだ。感謝しておるぞ」

静かな王様の声に、うっすらと汗をかくくらい杖を振るっていた宰相が手を止め、にたりとした顔を王様へと向けた。気持ちの悪いその笑みに、背筋がおののく。

「やはり王はわかっておられる。そうですとも、どうぞわたくしめにすべてをお任せください、すべてよきように采配いたしますから」

気持ちの悪い感じが、ぞわぞわと背筋を走る。なんだこれ、冷たいなにかが肌を這ってるみたいだ。

「とにかく、牢番は尋問のあと、始末しておきましょう。使えない人間を置いておく余裕など我が国にはありませんからな」

ちょっと、待って。それってわたしのせいだよね？　え、まさか、牢番さん殺されちゃうの？　宰相はもうひとり残っていた魔術師に、牢番を捕らえて拷問部屋に連れていくように命じた。

「儂が直々に尋問するから、それまで手をつけるなよ」

「はっ。了解いたしました宰相閣下」

敬礼までする魔術師の顔は、すっかり青ざめていて、逃げるようにどこかにいってしまった。

「今回は、王が尋問いたしますか？　儂が最近考案した尋問術をお教えいたしますよ？」

にやにやと薄気味悪い笑みを浮かべる宰相に、王様は興味なさそうに緩く首を横に振った。

「そなたに任せる」

「承知いたしました。くっくっく、どうぞこの国の黒い部分は、わたくしめにお任せください。ああ、それにしても、ここは臭いですな。魔法が切れてきたようだ、鼻が曲がってしまう、はよう戻りましょう」

王様よりも先に、そそくさと歩いていく宰相を見ていた王様は、不意に牢を……牢の奥で息を殺しているわたしたちのほうを振り向いた。驚いて息を飲みそうになるのを堪える。

「ここには、政治犯たちが収容されている。かつては、我が国を支えてくれた傑物たちだが、国庫に余裕がなくなっておる現状、早晩処刑されかねぬな」

淡々とした細い声が呟き、すぐに歩き去った。視線がこちらを見ているわけではないけれど、わたしたちに声をかけているような気がする。っていうか、王様……脱獄をそそのかしてますね？

王様も出ていって、足音も聞こえなくなってから、深く息を吐き出して楓を抱きしめていた腕を解いた。

「なんで、楓を捕まえたのかはなんとなくわかったけど」

きっと精神力を削ってから、精神に作用する魔法をかけたほうがかかりがいいんだよね。だから、憔悴させようと、牢にいれたんだと思うんだけど。

「でも、まさか捕まってるとは思わなかった。だって、楓のほうが、強いんだよね？」

「強いのは強いんだけど。王様の部屋にドアを繋げて入った途端、体を拘束する魔法が発動して、それからあの宰相がきて、なんだか頭の中をぐちゃぐちゃに掻き混ぜられるような魔法をかけられて、ここに放り込まれたの」

うわぁ、エグいなぁ。あの宰相のおっさんを見てたら、確かに精神攻撃で人が苦悶するのを見るのが好きそうだけど。

「けれど、よく無事だったね、あのおっさんなら嬉々として、拷問なりなんなりしそうだけど」

「夜は眠いから、朝になってからって言ってたわ。そうやって、時間まで恐怖に怯えるのを見たかったんじゃないかしら？」

おぉう、なかなかの鬼畜っぷり。

「宰相は、言うのもしゃくだけど、強いと思うわ。精神攻撃に対抗する手段なんて思い浮かばないもの、攻略する術が思いつかないの」

忌々しげに、楓が言い捨て、顔を歪ませた。

あれ？　なにか楓の勢いがおかしいぞ？　ぽろぽろと涙まで零し出した楓に違和感を感じ、首をひねりつつも提案する。

「じゃぁ、物理攻撃でしとめちゃう？　あんなおっさんの魔法なんて、解除できないわけがないよ？　精神攻撃されてもやり返せるって」

「宰相なのよ！　歯が立つわけ……っ」

言い募る彼女のおでこに、軽くチョップを食らわせて黙らせる。それにしても、なにか、モヤモヤする、彼女がなにかモヤモヤする。

精神攻撃とやらを食らったときに、どこか打ったんだろうか？　じーっと彼女を見ていると、彼女の周りが凄く薄いベールに覆われていることに気付いた。なんだろうこれ。パタパタと手で払ってみるが消えない。

「なにしてるの？」

あどけなくきょとんとする彼女に、疑惑が確信に変わる。このモヤモヤを払うイメージを固めてから、操駆をして彼女に触れた。

「〝解除〟」

おぉ、ベールが消えて、クリアになった。

「なにを解除したの、良くん？」

「楓の周りに靄みたいなのがあったから、解除して消しちゃった」

わたしが説明した途端、彼女の涙は引っ込み、代わりに怒りの形相へと……ひぃっ！

「あんの、ヒヒじじい……っ。絶対に、許さないっ！」

おっさんに制裁を加えにいこうとする彼女を落ち着かせる。

「はっ倒したくなるのはわかる！　だけど、そのあとはどうするの」

「あと？」

「楓はどうしたい？　ただ魔法で偉い人たちを懲らしめたいだけ？　そんな子供じみたことをしたいわけじゃないよね？」

　国のトップに制裁をして、それで終わりなんてことはさすがにありえないって、わたしでもわかるよ。単純に考えても、王様や宰相のおっさんをシめるなら、そのあとに残される問題のことを考えないと！　深く考えなくても面倒なことになるのは、一目瞭然でアリマス。

「……それでも。それでも、私は奴らを見過ごせないの！　せめて、あの宰相は叩きのめす！」

「あー、うん。わかった、じゃ、手伝うよ」

　力強く言い切った彼女に、頷く。覚悟があるならいいや、わたしはわたしのできることをしてあげよう。

「反対しないの？」

「して欲しいの？」

　質問で返したわたしに、ふるふると首を横に振る彼女が子供っぽくて可愛い。

「さ、早くしないと、見ず知らずの牢番さんが、加虐趣味のおっさんの餌食になっちゃうよ」

　奴が試したがっている魔法が、どんな拷問なのか考えたくもない！

「そうね、でもその前にやることやんなきゃね。ちょっと待って、私も武器を作るから」

そう言って、さっきわたしが切り落とした鉄格子の一本を手にした。三〇㎝程だけど、鉄の塊だから重そう。

「もうすこし短くしようか？」

「大丈夫！　いつも使ってるのと同じくらいの重さだから」

いつも？　楓は操駆し、指先をかじって傷つけ、血の出た手で鉄の棒を握り締めると、鉄の棒は一振りの見事な日本刀へと変わった。

楓はすぅと呼吸を整えると、腰を落とし。

「はっ！」

気合一発、見事な刀さばきで鉄格子を切り捨てる。

慌てて〝消音〟の魔法をかけなかったら、凄い音だったよきっと！　人のことは言えないけど、すこしは考えて行動していただきたいっ。

「いい切れ味だわ。私の趣味が居合いだって、言ってなかったっけ？」

切れ味に満足そうに笑んだ楓から、なんだか自信が漲っている。すっかりいつもの、いや、いつも以上の楓だ。

「はじめて聞いた」

「ふふっ、そうだっけ？　さぁて、折角リクエストされたから、脱獄幇助でもしましょうか」

そう言って、隣の牢の鍵をぶった切り、同じように他の牢の鍵もどんどん切り捨てていく。あばばばっ！　調子よく鍵を壊していく彼女に、慌てて消音の魔法を使う。

「だ、だからっ！　切る前に言って！　そうしたらあらかじめ音消ししておくんだからっ！」

怒鳴ったわたしの声は、自分の魔法で消されていた。

だけど、雰囲気でなにを怒られているかわかったらしい彼女はペロッと舌を出し、消音の魔法を解除してからわたしの腕を叩く。

「良くんを信頼してますから」

いやいやいや、心臓に悪いから信頼してても駄目っ。

がっくりと項垂れながら、指輪から伸ばした鎖をすぐ動かせるように準備して、隣の牢に入っていく彼女に続く。

ついさっき、宰相に杖で殴られていた人のところだ。確か、聖騎士とかって言ってたよね。

「〝傷、体力、気力の回復〟」

先に牢に入った楓が、奥で横たわっていた大柄な人影に、魔法をかけた。

「ねぇ、あなた、大丈夫？」

彼女がうつ伏せたままの大柄な男を揺すって起こそうとしてるけど、大丈夫なのかな。と思った瞬間、素早い動きで彼が起き上がり、楓が左手で持っていた刀を奪い、それを楓の細い首筋に突きつけた。残念ながら、彼女の手を離れた時点で、鉄の棒に変わっちゃってるんだけどね。

それでも、武器には変わりなくて危ないから、指輪から伸ばした鎖で彼を速やかに拘束したうえで、鉄の棒を取り上げる。

「さすが、良くん」

「楓が思いのほか無謀でつらい。もうすこし、考えて行動してください」

てへぺろってしても駄目だからね。脱力しつつ、男の人にかかったモヤモヤを解除する。

「あなたは……」

彼は鎖で縛られて跪いたまま楓と目を合わせて、戸惑うように言葉を詰まらせた。楓はミニマムで身長は子供っぽいけど、眼光は鋭いからね。そのアンバランスさが、面白いんだけど戸惑うよね。

聖騎士の彼と話をしたいという楓を置いて、他の牢も見にいく。

どの牢屋も、鍵を開けたのに静かで、誰も出てくる気配がない。中を覗くと、魔法をかけられているようで、生気がなくぼうっとしている人がいて、全員にモヤモヤが見える。

ひとつの牢に複数人入れられている人もいれば、聖騎士の彼のようにひとりで入っている人もいるし、元気そうな人もいれば……虫の息の人もいる。

虫の息はよくないっ！　一番奥の酷い状態の牢屋にいた、虫の息でひとりぐったりと牢の隅に横たわっているおじいさんのモヤモヤを〝解除〟して、大急ぎでさっき楓がやったように〝回復〟の魔法をかけて、魔法で空調して異臭を逃がしつつ、おじいさんもろとも牢屋に〝清浄〟の魔法をかけて綺麗にする。

見守っているとおじいさんがゆっくり目を開けたので、思わずホッと安堵の息が漏れる。よかった、生きてた。

「おや？　体が動くのぉ。それに久しぶりに頭もスッキリしておる」

「お元気になられて、よかったです」

起き上がったおじいさんに、ホッとしたままそう伝えると、おじいさんの眉がひょいっとあがり、それからわたしをしっかりと見た。

「お主は……イフェストニアのお方か。そうか、この国はもう、終わったのか」

「えっ？　あ、いえっ！　違いますからっ、この服は、そうじゃなくて」

急にしょんぼりと肩を落としたおじいさんに慌てていると、聖騎士さんが入ってきた。

「翁よ、イストーラは落ちてはおりません、ご安心ください」

「おお、お主も生きておったか。それにしても、そうか、早とちりじゃったか」

へにょりと笑ったおじいさんに、わたしもつられてホッとする。そっか、腰にサッシュベルト巻いてるから、イフェストニアの人間ってことになっちゃうよね。民族衣装的なカテゴリーだもんね。

聖騎士の人とおじいさんが話しているのを横目に、ベルトを外してから他の牢を見にいくと、楓がテキパキと牢を開けて、中の人たちを回復させていた。

「よしっ！　じゃぁ、いくわよ、良くんっ！」

輝く笑顔は素敵だけど、いくって、宰相のところだよね？　やる気満々だなぁ。

「カディ殿、我々もお連れください。この身を盾とし、御身を御守りいたします」

牢から出てきた体格のいい人たちが、ずらりと跪いている。この身をって言うけど、防具もないのに無茶じゃないのかな。まさか、筋肉の盾的な？

遠い目をするわたしの横で、セーラー服姿で楓が眉をひそめてる。

「皆さんの回復はしたけど、落ちた筋力とかは戻ってないはずなので、盾はご遠慮いたします。でも、そうですね、ちょっと手伝ってもらうことがあるかもしれないので、ここに集まっていてもらえると嬉しいです」

　彼女の願いは即座に頷かれ、彼らは牢の一カ所で待機となった。

「いこう、良くん」

「はいはい、宰相のところだね？　それじゃ、いつでも動けるようにしておいてね」

　ニッと笑った彼女の肩に触れ、しっかりと、あの生理的に苦手な宰相をイメージして操駆する。

「あの〝おっさんのもとへ〟」

　吐き捨てるように宣言すると同時に、光の輪が頭上からおりてきて、それが地面につく。次の瞬間には、凄く趣味の悪い、金ピカの部屋にいた。

「な、なんだ貴様っ！　どこから入った！」

「いけ」

　右手を伸ばすと、鎖が勢いよく伸びて宰相に巻きつき、キュッと締める。

「ぐあっ！　儂が誰だかわかって……っ！」

　わたしの横にいる楓を見て、顔を赤黒く上気させ口をぱくぱくさせる。

「宰相、貴様のやってきた所業のすべてを、白日の下に晒し、その身を以て償え」

　スラリと抜いた日本刀の切っ先を宰相に向け、楓が言い放つ。

「貴様こそ儂に仇なそうとするなど、思い上がるのもいい加減にせぬか！」

　空気が震えるような怒声に、楓の肩が一瞬震えた。恫喝するようなその声は、確かに迫力が在る。

さすが一国の宰相なだけある、と言っちゃっていいものかな。

「宰相であり高位魔術師である儂に牙を剥こうなど、思い上がりも甚だしい！　貴様！　とっととこの鎖を解くがいい！」

あくまで偉そうに、わたしを睨み付ける宰相。顔も真っ赤だし、まるでダルマみたいだ。脳内で、あのころころ転がる真っ赤なダルマさんを思い出し、思わずプッと笑ってしまった。

「な、なにがおかしい！　貴様、今すぐその口を引き裂いて、体中の骨という骨を砕いてくれよう！　無論簡単には死なぬよう処理をしながらなっ！」

「骨を砕く？　それって、こういうこと？」

宰相に巻きつけた鎖をゆっくりと締めてゆく。もちろん骨を砕くつもりはないので、ようすを見ながら、ゆっくり、ゆっくり、すこしづつ。

「き、き、貴様っ！　自分がなにをしているのかわかっておるのかっ！　この、至上の魔術師たる儂になにをしてっ！　おい！　お前っ！　なにをしておるっ！　そ奴を止めぬかっ！」

口から泡を飛ばして楓に怒鳴る宰相に呆れてしまう、この状態でどうして楓に命令できるんだろう、凄く不思議だ。

「そうねぇ。良くん、そのくらいにしておかない？」

楓がこっちを向いて微笑む。

完璧に作られた、腹の底に怒りを煮え立たせている微笑みだ。……楓さん、それ怖いね。

「そうじゃないと、私のヤル分がなくなっちゃうわ」

その極上の笑顔を宰相へ向け、日本刀をチャキッと返す。

「ヒィっ……！　ば、ば、ばかなっ！　儂の術が失敗したとでも言うのかっ！」

「失敗はしてなかったわ。ただ、解除しただけ」

「か、解除だと！　あの術を完全に解除できるのは、儂以上の力を持ったもの……だけ」

宰相の顔が見る見る青ざめてゆく。

へぇ、いいこと聞いた。わたしと楓の笑みが深くなる。

「そういうことなんでしょうね？　愚かで矮小な宰相閣下」

「あなたがわたしたちより強い魔術師だなんて、どうしてそう思えるのかがわからないよね」

「そうね、理解できないわね」

「そうだ！　いままで虐げてきた人の気持ちを知ってもらうために、御仕置きしない？」

楓と見交わして微笑む。

「それはいい考えね！　拷問がお好きなごようすだから……そうだわ、参考として牢屋にいらした皆さんにどんなことをされていたのか、お聞きしてみましょう」

楓が宰相の部屋のドアに魔法をかけて、牢へと繋げた。そこには、牢にいた人たちが勢ぞろいしている。さすが楓だ、このために一カ所に集めたのか。

牢屋暮らしで頬が痩け、凄みのあるその面々が部屋に入ってくるのを見て、宰相は泡を吹いて白目を剥いてしまった。

「本当に小物だわ。こんなのに嵌められたなんて、人生の汚点もいいところだわ」

憤慨する楓の気持ちもわからなくはないです。

「お嬢さんがた。我ら三公、国主に代わりお礼申し上げまする」

振り返った先、あの一番奥の牢にいたおじいさんを筆頭に、床に膝をつき頭を垂れる人たちがいて、びびった。

「どうぞ頭をあげてください、私たちは私怨で動いていただけですから」

彼らに堂々と向き合える彼女が凄いと思います。大人の人にかしこまられて狼狽しまくりのわたしは、うしろに引っ込みます。

顔をあげた人たちの視線が、ほぼ楓に向かってくれてよかった。

楓とおじいさんたちが話をしているあいだに、気絶をしている宰相の鎖をすこし緩めてから、聖騎士の人に手伝ってもらってロープで縛った。

そういえば、荷馬車で輸送されてる最中にちょっと考えてた魔法があるんだけど、この人になら試してみてもいいかな？　操駆して、手を宰相に向ける。

「〝魔法禁止〟」

ふっふっふ……！　魔術師至上主義なんて考えの人なら、魔法が使えなくなったら、どういう反応するんだろう。すっごく見てみたいな。

宰相の側にしゃがんであーだこーだしていたから、突然肩を叩かれて本気でびっくりした。

「とりあえずこれから王様のところにいこうと思うんだけど。なにしてたの？」

立ち上がって、宰相に魔法禁止の魔法をかけたことを伝えた。

「へぇ！　ある意味、えげつないわね！」

「は？　そ、そう？」

褒められたんじゃないっぽいよね？　え？　褒めてくれたの？　えげつないは褒め言葉じゃないからね！


全員こちらの悪趣味な部屋にきてもらい、楓が牢に繋がっていたドアを解除した。その途端に閉めた扉が、外からドンドンと叩かれる。

「宰相閣下！　いかがなされました！　宰相閣下！」

扉の外からかけられる声は、しきりに宰相を案じている。扉が揺れるくらい叩かれて、いまにも壊されそうで怖い。

「宰相の聖騎士だろう。リオウ殿とカディ殿は奥へ」

わたしの怯えに気付いたらしい、聖騎士さんのひとりがそう言って、ドアからわたしと楓を遠ざけようとしてくれる。それよりも、ひとつ気になることがあるんだけど。

「わたし、リオウって名乗りましたっけ？」

楓はわたしのことを良くんと呼んでいたから、リオウっていう呼び名はどこから出たんだろう。

「宰相が手配書のようなものを回していたから、名は知っていた、イフェストニアの狂犬の飼いネ……いや、従者、だという話だったから、もっと……そう、もっと屈強な者を想像していたのだが」

なんでしょう、そのしどろもどろっぷり。

「飼い猫というより。良くんは、むしろ飼い主よね？」

誰がなにを飼ってるって話ですか、楓サン。

「そんなことより、くるわよ」

楓が扉に向き合い、腰の刀に手を掛ける。ドアノブのところに、ガンガンと打撃音が響き、手斧（ておの）の先が刺さった。斧で破壊されたドアが、外側に開かれた。

心の準備さえできてれば大丈夫。すかさず右手を伸ばして、鎖を操作する。

「鎖よ」

ガッ、ガッ、ガッ、ガッ！　扉の入り口部に格子状に鎖を渡して、侵入できないようにする。

「いいとこ取りね、良くん」

拗（す）ねた口調の楓だけど。

「だってこうしないと、楓が切っちゃいそうだし」

職務に忠実な人たちで、確かに敵なのかもしれないけど、多分、切った張ったをする必要はないと思うんだ。

「わたしたちはきっと凄く強いんだよ。それなら、同じレベルで戦う必要なんかないと思うんだ」

「な！　なんだと！　貴様ぁっ！」

わたしの言葉に反応した聖騎士が色めき立ち鎖を揺らす。

「そう、そうよね。私たちは剣士じゃなくて、魔術師だものね」

納得してくれた楓がフムフムと頷く。そして、入り口で鎖を断ち切ろうと足掻く聖騎士たちに視線をやる。

楓の手が祈りを描くように額から胸におり、その手が彼らのほうへ向く。

「〝眠れ〟」

一瞬だけ抵抗を見せたが、そこにいた全員がバタバタと倒れ、床でイビキをかきだした。

「本当に、素晴らしい」

おじいさんが感嘆の声を漏らす。

「先程からお二人の操駆を拝見しておりましたが、そのように簡潔に操駆を済ませ、尚且つ一言で魔法を完成させるなど、長く生きてきてはじめて知りました」

うんうん、それはわたしも思った。こっちの人はあんなに長ったらしい操駆なのに、わたしと楓はどうしてこんな簡単に魔法が使えるんだろうかって。

「操駆というのが、同じものを使用することができないっていう摂理なのは有名なことで。故に魔術師は、師事した者の操駆に、自身で考案した所作を足して自分の操駆を作るから、長々とした操駆になってしまうの。それに、言葉が長いのは、そのほうが明確に魔法をイメージできるという理由らしいわ。独学で魔法を研究していた王様は、魔法と操駆についてなにも知らない私に、魔法の固定概念を与えずに、簡潔な操駆と、言葉ではなくイメージありきで魔法を使うことを教えてくれたの。きっと、私たちみたいな操駆と呪文でも、魔法が行使できるんだって実証したかったのね」

朗々と説明してくれた楓には悪いけど、メモしないと覚えていられないです。ちんぷんかんぷんだったのはわたしだけみたいで、周りの人たちは驚いたような表情をしていた。

「……我々は、師よりも短い操駆を行うことを許されてはおりません……」

居合わせた魔術師の中で、もっとも年若いであろうおじさんが低く零した。

「うん、もしも、弟子が自分よりも短い操駆で魔法を使ってしまっては、師匠としての立場が危うくなってしまうから。だから、操駆は師よりも長くしなくてはならないし、言葉はより詳しく紡ぐほうがよいとされ、魔法そのものを研究する者は迫害されるようになったんですよね？」

静かに楓が言い、魔術師が押し黙る。

「ところで、そんな大事なこと、言っていいの？」

多分悪い人はいないとは思うんだけど、こんなに人がいるのに。そんな魔法の秘密を暴露しちゃっていいのかな？

「情報のソースは王様だけど。さすがに駄目よね、やっぱり」

あっけらかんと言う楓に脱力してしまう。っていうか、イストーラの王様が教えてくれたんだ？牢では宰相の言いなりで、不甲斐ない人に見えたけど、実は違うのかな？

「ちゃんとフォローするから、そんなに疲れないでよ」

背中をぽんぽんと叩いた彼女は、操駆をしていた。

「〝忘却〟」

わたし以外の人たちから、記憶を消したんだね。でも、わざわざ記憶を消すなら、なんでこの場で話をしたんだろう？

「……知っておいてもらいたかったの」

ここから近いという王様の部屋へ案内されながら、わたしにだけ聞こえる声で楓がポツリと零した。

話の流れ的に、王様のことをかな？　人気のない廊下を、比較的元気な案内役の聖騎士の二名と歩きながら、楓を見下ろす。

「悪いばっかりじゃないのよ、いいところもあるって、良くんに知っていて欲しかったの」

「あー、うん、わかった」

一面だけ見たら、優柔不断っぽくて宰相にいいように利用されている情けない王様だもんね。楓とは結構前から夢の中で会ってたってことだから、ちゃんと王様のいい部分も見えてるのかな。

「どのくらい前から会ってたの？」

「んー高校あがった頃からかな。最初はわけがわからなくて突っぱねてるだけだったけど、何度も何度もくるから、絆されちゃったのかなぁ」

苦笑する彼女の背中をぽんぽんと叩いて微笑を返せば、彼女の顔がホッとしたようにほころび、次の瞬間素早く操駆された。

「良くん、ここまでありがとう。あとは私が頑張ってみるわ。これ以上連れ回したら、あなたの番犬さんが怒りそうだしね、だから〝イフェストニアのお家へ帰宅〟してね」

「えっ？」

わたしは、楓の魔法によって、強制的にイフェストニアのディーの家に帰ってきていた。

エピローグ

ご丁寧に居間のソファに転移させられたわたしは、いま猛烈に怒っている。

何度操駆(そうく)しても、魔法のドアはイストーラには繋(つな)がらず、直で楓(かえで)のところにいく魔法も効かない。

それなら、あの場にいた誰かをターゲットにして移動しようとしたけど、ソレも駄目！

間違いなく、楓が魔法でわたしがイストーラにいくのを遮っている。かなり強力な魔法を使ってるのかもしれない、簡単な魔法だったらわたしでも彼女の魔法を解除できたし。

試行錯誤したけれど、駄目だった。疲れて、ぐったりとソファに沈み込む。

「ここまで、関わらせておいて。最後だけのけ者なんて酷(ひど)いよね」

その最後が、一番大変だってことはわかるんだけど。わかるからこそ、最後まで関わらせて欲しかったのに。

全部そうだ、ディーのお給料のことだって、メイドとして勤めたティス家のことだって、わたしは最後まで関わらず、蚊帳(かや)の外だ。

「しがない女子高生で、そりゃ、イフェストニアの人間じゃないし。あんまり首を突っ込んじゃ駄目なんだろうって、理解はするけどさ。それでも……悔しいじゃない」

ソファで膝を抱えて呟いてから気付いた。そうか、悔しいんだ。

こっちの世界では一五歳で成人だっていうなら、わたしだってもう大人だし。それに、ディーと結婚したら、間違いなくイフェストニアの人間だって胸を張って言えるよね。

「いやいや、その前に、ディーの書類仕事を手伝ってる時点である程度の信用は得られてるはず！でも、それならなんで、最後まで関わらせてくれないのよ……」

「血なまぐさいことに、お前を巻き込みたくないからだ」

大きな手に頭を撫でられ、顎を持ち上げられてうえを向かされる。いつの間に帰ってきたのか気付かなかったけど、ぼんやりしすぎててあまりびっくりしない。

「ディー、お帰りなさい。今日は早いね」

「ただいま」

ソファのうしろに立ったディーに軽くキスされ、頬が熱くなる。スキンシップが多いのは、なかなか慣れないな。

子供っぽく抱えていた膝を離したわたしの横に、彼が座る。

「イノシターはどうした。まだ寝ているのか？」

「楓は、イストーラにいっちゃいました」

視線が落ちたわたしの肩を、彼が抱き寄せてくれたので、思わず逞しいその体にしがみついて、おでこをぐりぐりと彼の肩口に押し付ける。

「あんな危ないところに、ひとりで残って。いくら牢に入っていた人たちを味方につけたからって！」

「……ほぉ？　まるで、見てきたような口ぶりだな、リオウ」

威嚇混じりの低い声に、しまったと思ったがもう遅い。ぼ、忘却の魔法っ！　ああっ、両腕のうえから抱きしめられて、無理ーっ！

「やはり、両腕を拘束して、家に繋げておこうか」

「ごめんなさいーっ！　監禁は嫌ですっ！」

ぎゅうぎゅうと抱きしめられながら、半泣きで詫びを入れる。

「それとも、毎日足腰立たなくしてやろうか」

「下ネタかっ！」

間髪を入れない突っ込みが聞こえ、驚いて振り返った先には、楓が仁王立ちしていた。

あれ？　さっき別れたばっかりなのに。

ポカンとしたわたしに、彼女は腰に手を当てピースサインを出した。

「やれることはやった！　あとは、あの国の人に任せる！」

「へ？」

「お腹すいたぁ！　楓、良くんの手料理食べたいなっ」

両手を胸の前で組んで、お願いポーズをする彼女に、思わず噴き出して、ディーの腕から立ち上がった。すんなりと腕を外してくれたのが、ちょっと意外。

台所に移動すると、二人もついてきてテーブルにつく。見守られながら料理するの、ちょっと恥ずかしいんだけどな。また、あれやっちゃおうか。

材料を取り出しながら、なにをどんな手順で作るかをイメージしてから、操駆する。

「〝調理〟」

魔法を行使すると、食材が順番に洗われて、皮が剥かれ、カットされていく。その間に鍋を火にかけ、油を熱する。肉を炒め、根菜を炒め、水を入れて沸騰したら灰汁を取り、調味する。

「ファンタスティック！　素敵ね、まるで絵本の中の魔法使いみたい」

そうでしょうとも！　そう見えるように、イメージしたもの。ウケてよかった。

「……こんな魔法の無駄遣い、魔術師には見せられんな」

ディーの感想はシビアですね。

「あー、それはうん、見せられないんだよね。良くんにお願いなんだけど、私たちの操駆、内緒にしておいて欲しいんだ。だから、魔法無双とか我慢して欲しいんだよね」

魔法無双？

「基本的に、ディーがいいって言った人の前以外では、魔法を使わない約束してるから。わたしの操駆を知ってる人って、ええと、イフェストニアだとディーとジェイさんと、王様は血の盟約はしたけど見せてないし。あとはイストーラのわたしを誘拐した兵士の人と、牢で会った人たちくらいかな。ふ、不可抗力だから、イストーラの人たちに見られたのは不可抗力だったからねっ、ディー」

ギラッと目が光った気がして、慌てて彼に弁解する。

「わかっている」

憮然とした顔の彼に、ホッと胸をなで下ろしながら、もう一品作るために肉を切って、香辛料をまぶしてフライパンを温める。

「よかったぁ。アルザック隊長、グッジョブ～」

へにょりとテーブルに突っ伏した楓が、ディーにサムズアップしているが、意味を知らない彼は怪訝な顔をしている。

「もし、大々的に使ってたら、記憶を消して回るの大仕事だったよ」

「記憶を、消す？」

「えっ？　じゃぁ、ディーとジェイさんも？」

驚いて振り向いたわたしに、彼女は顔の前でパタパタと手を振る。

「信頼できる人は大丈夫。そのジェイさんって人にだけ、口外しないように釘を刺しておいてもらえたら、問題ないわ。それに、アルザック隊長から良くんとの記憶を、一部でも削っちゃったら、こっちが消され……げふんげふん」

わざとらしい咳払いをして、彼から目を逸らす彼女。横から無言の圧力をかけられているのに、平気な顔でそういうボケができる、彼女の根性が素晴らしいと思うよ。

「そうだな。私からリオウの記憶を消すならば、私もお前を消さねばならんな」

「じょ、冗談ですってば！　もうっ。余裕のない男は、嫌われますよっ」

冗談だと言いながら、そういうことを言うんだから。あ、なんでこっちを見るんですか、ディー？

「余裕がない自覚はある。が、嫌われている自覚はないな」

「嫌ってませんからね」

　余裕がないっていうのは気付かなかったけどね。顔を見合わせて、思わず笑ってしまう。

「独り身にはつらいって言ってるでしょぉっ！」

　テーブルに突っ伏して、打ちひしがれている彼女に、そういえば、可愛いのに浮いた話のひとつもないなと思い出す。

「どうせ私は、ミニマムすぎて、幼女に思えて食指が動かない、って言われますよ。身長なんか、とっくに止まってんのよこっちは。一四五センチから、もう一ミリだって伸びないわよっ。言わせてもらうなら、幼女の身長よりは全然大きいわよっ！」

　嫌なことがあったんだろうな、やけ酒を飲んで絡む酔っ払いのようだ。取り急ぎ、味見用にちいさく切って焼いたお肉を、お皿に載せて彼女の前に置くと、匂いにつられて顔をあげた彼女が、嬉しそうに口に放り込んだ。

「おいひいです」

　笑顔が戻ってなによりです、やっぱりお腹がすいていると悲観的になっちゃうよね。はやくご飯を作らなきゃ。

　せっせとご飯を作って、テーブルのうえを埋めていく。魔法で調理をするのはいいけど、魔法を使った分お腹がすくのがネックだよね。

「いっただっきまぁーす！」

　元気に手を合わせてからの、楓の食欲は凄かった。物も言わずにひたすら食べてる彼女に、追加でいろいろ食べさせてあげたくなる。ほら、このフローズン果物もお食べなさい。

「出会った頃の、リオウを見ているようだ……」

感慨深げな彼の言葉を聞いて思い知る。そうか、わたしもこんな気持ちで見守られていたのか……微妙だな。

とはいえ、わたしも魔法を使ってお腹がすいていたので、しっかり食事をとりましたとも。三人の中で一番小食なのがディーっていうのが。女子力、なにそれ、おいしいの？　って感じです。

「いやぁ、本当に、凄く、無茶苦茶おいしかったわ。ご馳走様（ちそうさま）でしたっ」

「お粗末様でした。空腹は最高の調味料だもんね」

「いや、リオウの料理は本当においしい。ご馳走様」

食器を片付けながら、ディーがさり気なくわたしの唇にキスしていく。

「ぐはっ……。私のＳＡＮ値はもうゼロよ」

ごめん、わたしの精神力もだよ。架空の吐血をした楓に続き、わたしも突っ伏す。顔が熱すぎてあげられないってば。


「さて、お腹も膨れたし、真面目（まじめ）な話をしよっか」

食後のお茶をいれてから、楓が居住まいを正した。

「私も聞いていていいのか？」

わたしの横でディーが確認すると、彼女はすこし考えたあと、頷（うなず）いた。

「イストーラは宰相以下、十数名の高位魔術師が、精神を汚染する魔法で中枢を支配し利権を貪っていたの。それもね、馬鹿ばっかだったから、不用意に人頭税をあげたり、関税をあげたり、そのくせ利益は自分たちの懐に入れて、国政に回さないから国はガタガタ。まぁ、聞いた話なんだけどね、アルザック隊長の話とも合うから、本当だとは思う」

ケッ！　と顔を歪ませた彼女は、気を取り直すのに一口お茶を啜ってから話を続けた。

「だから、私はその馬鹿魔術師たちを捕まえて、魔力を封じてきたの。あとは、王様の精神抵抗力をあげてきたくらいかな。やることやったから、帰ってきちゃった」

ケロッと言った彼女に、呆気にとられる。

「えっと、それ、だけ？」

「それだけよ？　でも、それって、魔力の量的に、彼らにはできないことだったから、とっても重要でしょ？　それに、それ以上のこと、国政なんかに首を突っ込んじゃ駄目じゃない？　さすがの私も、自分の首を突っ込めるところと、そうじゃないところくらい弁えてるわ」

苦く笑った彼女に、さっきまで、のけ者にされた気分なんて思ってたわたしは、なんだか急に目の前が明るくなった気がした。

そうか、そうだよね、弁えるってことなんだ。自分ができることを、しっかりやりきったら、そのあとはちゃんと次の役割の人に任せちゃっていいんだ。

もしかしてこれが、適材適所ってやつなのかな。

「今更だけど、本当にごめんなさい」

突然謝られてきょとんとしてしまう。

「当たり前に切った張ったがあるこんな危険な世界に、ひとりで放り込んで……。イストーラにいって、私の安易な考えで、良くんを失うところだったって、やっとわかったの。ホント言うとね、あれからあの国の人たちに無茶振りされたの。宰相側につく人たちを全員殺してくれ、私なら魔法で一息に息の根を止めることができるだろう、って。多分、できるのよね。でも、でもよ？　それって私に殺人鬼になれってことじゃない。どうせ私は異界の人間で、ことが済めば向こうに戻るのだから、別にどうってことはないだろうって言うのよ、自分たちの手は一切汚さないで」

一旦言葉を詰まらせた彼女は、ひとつ息を吸い込んで続けた。

「そんなことを、当たり前に言うヤツらがいるような世界だったなんて。謝っても許されないけど、本当にごめんなさい。それに、わたしの計画が甘かったせいで、良くんを危険なこの世界に放り出すなんて、大変なことになってしまって……。本当に、本当に、ごめんなさいっ！」

ゴンッ――頭をさげた楓のおでこが、思いっきりテーブルに打ち付けられ、ピクリとも動かなくなった。

「だ、大丈夫？」

ちょっと不安になって声をかけると、額を赤くして涙目になってる楓が顔をあげ、その途端、ドバーッと涙腺が決壊した。

「ほ、ほんどに、ごめんねぇっ。だ、だって、良くん、いっぱい、大変な目にあって……っ。私、本当に、ちゃんと、わかって、ながっだ……」

「鼻水も出てるってば」

涙と鼻水でボロボロの彼女にハンカチを渡す。

「正直に言って、本当に大変だったし、簡単に許せるって言えないけど。わたしはイフェストニアにこれてよかったって思ってるよ」

ちょっと照れくさく思いながら、隣に座る彼を見上げると、彼の藍色の瞳がわたしを見つめていた。

ディーに出会うこともできたしね、という台詞は恥ずかしいから言わないけど、バレバレかな。

「それでね、あのね、今度ディーと両親のところにいきたいんだけど、そのときにドアを繋げるの手伝ってもらえないかな。万が一、こっちからドアが閉まっちゃったら怖いし」

「そんなの、いくらでも手伝うわよ。でも、大丈夫？　良くんのお父さん、凄く怖そうな人だけど、異世界結婚許してもらえそう？」

顔を拭った彼女の、心配そうな視線がわたしの隣に向かう。うっ、と言葉に詰まるわたしの背を、彼の大きな手が撫でた。

「誠意を尽くすしかあるまい」

「が、外見程は、怖くないですから」

わたしは顔立ちは父親似だけど、眼光鋭くないから、あまり似てるとは思われないんだよね。

「大丈夫、何度でも、ドア繋ぐの手伝うから！　二人で説得、頑張って」

一度で終わるとは思わないんだね。でも、そう思ってくれたらありがたいかも。

「それじゃ、思い立ったが吉日だよね！　私がこっちに残ってドアを守ってるから、安心していってきて！」

「え、ちょ、ちょっと待って。準備とかっ、あ、ディーも急になんて駄目だよねっ」

「いや、早く両親を安心させたいだろう、私はいつでも問題ない。それよりも、結婚の挨拶は後日に回したほうがいいなら、今回、私は遠慮するが」

　え、そ、そうなのかな？　いや……待てよ、ここは一気にたたみかけたほうが、いいかも。っていうか！　後日に延ばしたくない！

「一緒にいって欲しい、ってお願いしてもいい？」

　ディーも一緒のほうが、絶対に心強い。テーブルの下で彼の服をつまんで、彼の目を見つめる。

　彼は額に拳を当てて目を瞑り、すこしのあいだ考えてから、彼の服をつまんでいたわたしの手を握ってしっかりとわたしの目を見つめてくれた。

「もちろんだ。だが、すこしだけ時間をもらえるか？　服を、着替えてくる」

「あ、わたしも着替える！　ちょっと待っててね、楓」

「ごゆっくり～」

　大急ぎで二階の部屋で従者の服を脱いで、ディーが買ってくれた紺色のワンピースに着替え、共布に繊細な刺繍の入ったサッシュベルトを巻く。

　ちゃんと髪を梳かして、向こうは冬だと思い出して肩にショールをかける。

　部屋を出ると、彼がいつもとは違う、勲章のついた白ベースの制服を着てわたしを待っていた。これ正装だ、すっごくカッコイイ……っ！　あとで写真撮ってもいいかな、絶対に、撮ろう。

見惚れていると、腰を折ったディーにチュッと唇にキスを落とされた。

「よく似合っている」

ディーのほうこそ、無茶苦茶カッコイイ！　眼福ですっ、大好き。

彼に手を引かれるようにして、台所に戻ると、手持ち無沙汰だったらしい楓が食器を片付けてくれていた。食器が踊りながら、水を張った桶に入り、泡が皿の汚れを落とし、綺麗になったら隣の桶にじゃぶんと入って泡をすすいで、ぶぉんという音と共に乾燥して、積み重なっていく。

「ファンタスティック」

「本当に、夢の世界よね。着替え終わったのね、それじゃぁ、いきましょうか」

食器を棚に戻した彼女に促されて、わたしは操縦する。

胸にやった手を握りこみ、ドアに向けた。

「〝実家へ繋がれ〟」

ドキドキしながらドアを開ければ、そこは間違いなく実家の玄関だった。なにもかも変わっていないように見える。

「リオウ、大丈夫か？」

隣に立つ彼が腰に手を添えてくれて、やっと足を踏み入れる決心がついた。

「うん、大丈夫」

一度深呼吸してから、ドアを跨ぐ。すぐうしろに彼がついてきてくれるのが心強い。

「ドアを閉めちゃったら、言語翻訳の魔法が効かなくなって、アルザック隊長と会話できなくなっちゃうから、開けっぱなしにしておくわよ」

「うん。じゃぁ、いってくるね」

　見送ってくれる楓に頷いてから、玄関で靴を脱ぎ、彼にもここで靴を脱ぐように伝える。靴を二足揃えておき、振り向くと居間から母が出てくるところだった。

「早すぎるだろう……」

　再会に喜び、異世界に驚き、そして結婚の許可を求められて、父が片手で顔を覆った。

「あら、子供たちは、早く独立すればいいって言ってたのに」

　のほほんとお茶を啜る母を、父が恨めしそうに見る。そうなんだ、早く独立すればいいって言ってたんだ。父のことだから、どうせ母とイチャイチャしたいからそんなこと言ってるんだろうけど。

「それはそれだろう、だって、結婚だぞ？　まだ、高校生なんだぞ？」

　父が拗ねたように、母に向かって口を尖らせる。

「父さん、問題はそっちじゃなくて、異世界に嫁ぐほうじゃないの？」

　弟の指摘に、父はそれも問題だと眉間の皺を深くした。弟よ、余計なことを言うな。

　わたしの視線に気付いたのか、ヤツは視線を逸らして口をキュッと噤んだ。

「あら、下手に外国に嫁ぐより、全然近いんじゃないの？　だって、この家と直通じゃない」

母の指摘に、父の眉間の皺が薄くなる。母よ、グッジョブ。

「親戚とかには、どっか、海外に嫁いだってことにすればいいわよ。ほら、でゅしゅれいさんも、こんなにカッコイイ外人さんなんだし。認めてあげなさいよ」

そうだね、外人さんだね。母のザックリとしたまとめ方に、なんだか気が抜ける。

「ありがとうございます。彼女を末永く、大切にすると誓います」

「……良子、彼が嫌になったら、いつでも帰ってきていいんだぞ。いや、嫌にならなくても、帰ってこい」

「嫌になんてならないと思うけど。里帰りなら、いつでもいいって、ディーが言ってくれてるよ」

隣に座る彼を見上げると、すこし緊張した表情で頷いてくれた。

「だから、お父さん、お母さん。彼と結婚して、向こうで暮らすことを認めてくれる？」

緊張しながら、確認する。

「し、かた、ねぇよなぁぁぁ。あああ、くそっ、ウチの娘をよろしく頼む！」

「命に替えても、守り抜きます」

絞り出すように言って、ディーに向けて頭をさげる父に、ディーも生真面目に返事をする。ちょっと泣きそう。

「それで、結婚式はどうするの？」

「いや、結婚式という文化があるかどうかってところから確認だろ？　異文化交流なんだから、こっちの物差しで測っちゃ駄目だろう」

母と弟が、妙にワクワクした感じで話している。

「婚姻の儀は、私の両親へ、挨拶をしてから行います」

そのご両親のところへは、片道一週間はかかるらしい。だから往復だと二週間、ずるをして帰り道に魔法を使えば片道の時間だけでいいよね。二週間も空けたら、きっと書類が溜まりに溜まっちゃうだろうし。

夜も遅くなってしまったので、今日はもう解散ということで、あちらの世界と繋がっている玄関から帰ることになった。物珍しげに、ディーの家の居間を見る家族と、休みの日にドアを繋げることを約束してドアを閉めて、魔法を解除した。

わたしが向こうへいくのは、ドアが閉まってしまったら魔法が使えなくなるから、二度とこちらの世界に戻れないかもしれないから危険だけれど、逆ならいくらでもドアを繋げられることに気付いたので、今後はこちらに招待するほうがいいかも。

「お帰りなさい。無事、結婚が認められたみたいね、おめでとう」

「ありがとう」

夜も更けてしまったからと、帰宅を宣言した楓が操駆して、魔法をかけたドアの前に立つ。

「それじゃ、お休みなさい。ありがとう、良くん」

最後に一度しっかりと抱きしめあって、楓はドアを抜け、わたしはそのドアを解除した。

「リオウ……」

ディーの逞しい腕が、ドアを見つめていたわたしを包み込む。

いつも思うけど、彼の腕の中は安心する。服越しに伝わる熱が、楓が帰ってしまったことで空いた胸の穴に染みこむ。

思い切って体を反転させ、ぎゅーっと抱きしめた。抱きしめ返してくれる腕の強さに安堵の吐息を漏らす。逞しくて、揺るがない強さ。

わたしにくれる想い。彼の存在が、わたしの中に染み渡る。

「ディー……。だいすき」

腕の力を緩め、顔をあげ……想いの丈を込めて、体を伸ばして唇で、彼の唇に触れる。押し付けるだけのキスを、ディーが受け取ってくれる。ゆっくりと唇を離すと、それをディーの唇が追ってくる。

長い口付けが離れ、ゆっくり開いた目がディーの視線と合う。

「愛している、リオウ」

「うん、ずっと一緒にいてね。あ、あ、あ……あい、してます、ディー」

顔に熱が集まるのを自覚しつつ、言い慣れない言葉を紡ぐ。

「ああ、ずっと、一緒にいよう」

低い甘い声で彼が囁き、もう一度唇が塞がれた。

◆・◇・◆

王宮ではイストーラとの話し合いがまとまり、それ関係でいろいろ人事異動とかあったみたいで、

なんだかよくわからないけど、また日常が戻ってきたし。

そのゴタゴタの最中に財務局のイルティスに取られていたわたしの給与明細が戻り、ディーの不当に安かった給与が標準値に引き上げられ、よくわからないまま引かれていた金額が一括で戻ってきて、金額を教えてもらったけれど、凄かった。

そして、イルティスは横領と、それ以外にもあった罪と共に裁かれて多額の賠償が発生し、屋敷その他すべて手放してもお金は足りず、職と爵位を返上して王都を離れた。

近衛騎士だったフォルティスも騎士を辞職。オルティスも士官学校を中途退学してしまったということだ。

偶然、一度だけオルティスと会うことがあった。従者姿のわたしに驚いた顔をして、すこし躊躇ったあとに近づいてきた。

久しぶりって挨拶を交わして、元気そうだなって言われて、それから、自分の足で世界を見てくるって言って笑って手を振った。なんだかスッキリした顔をしていたのが、印象的だった。

◆・◇・◆

そして日常。……えぇ、日常です。どうです？　このこんもりと盛られた書類の山。思わず零したため息ひとつ、そして恨めしくディーを見る。

「まずは、手を動かせ。言いたいことは、終わってから聞く」

うん、きっと終わる頃には達成感とかいろいろで、いまの恨めしさは吹き飛んでるよね。軽く胸の中で悪態をつきつつ。

「承知いたしました」

従者らしく従順に承(うけたまわ)って、ペンにインクをつける。太陽が真上にくると、部屋の空気が緩まり、アルフォードさんとわたしでお昼の休憩の準備がはじまる。

「なんにせよ、リオウが復帰してよかったな、デュシュレイ」

「そうですね、このままだと決算に間に合いませんでしたね」

六番隊のロットバルド隊長が書類にかかりながらディーを茶化し、ロットバルド隊長の従者であるアルフォードさんもお茶を出しながらそれに乗ってくる。

今日の昼食はアルフォードさんが持ってきてくれたタコスっぽい食べ物で、とっても食欲がそそられる。

「この仕事が一段落したら、私の両親に会いにいくぞ」

おいしいご飯を食べながら、ぼそりとディーが宣言して思わず喉を詰まらせそうになる。

「これが、終われば……」

滞(とどこお)っていた書類をチラリと見て、本当に終わるのかなと、思わずため息が漏れた。

従者のお仕事　番外編

番外編　狂犬と呼ばれた男

「デュシュレイ隊長。俺、つい最近知ったんですが、アイツ、女だったんですね」

「ああ？」

ロットバルド隊長のもとへ潜入調査の報告にきていたジェイの一言で、部屋の中の視線が一気にヤツに集中した。思わずドスの利いた声が出たが、仕方あるまい。

ジェイに集まる視線はすべて、今更なにを言っているんだコイツという、驚きの視線だ。

「えと、すいません。おん、女性だからといっても、どうということはありませんので、殺気を出さないでいただけますでしょうかっ」

顔を引きつらせ、後ずさって逃げようとするジェイの襟首を掴んで引き留める。

今日はリオウが休みの日でよかったというか。彼女がいないからこそ、この話題を出したのだろうとは思うが。迂闊なヤツだ。

「とんでもなく、観察力の低いジェイ君は、どうして彼女が女性であることに気付いたのですか？」

やんわりと私の手からジェイを離し、アルフォードがニッコリと微笑んだが、ジェイはいっそう顔色を悪くする。

それにしても、アルフォードの疑問はまったくそのとおりだ。散々一緒に行動しているときには気付かず、なぜ今頃気付いたのか。

「イライアから聞きましたっ」

直立不動で報告するジェイに、呆れた視線が刺さる。自力では気付かなかったのか、観察力以前の問題だったな。

「六番隊の名が泣く……」

遠くを見ながら唸ったロットバルド隊長が、副隊長の人選について再考しているのがわかる。諜報活動を主体とする六番隊で、リオウの男装すら見抜けないのは、適性に問題ありと言っても過言はないだろう。もちろんそれ以外の能力は、副隊長という役目に不足はないのだが。

「えっ、えっ？　まさか、皆さん早々に？」

「確かにリオウの男装はうまいもんだと思うがな。声だって高いし、言葉遣いだって優しいだろう、ちょっと一緒にいれば、すぐに気付くと思うが」

ロットバルド隊長の言葉にアルフォードも頷けば、ジェイはショックを受けた顔をする。

「だ、だって、あの胸ですよ？　ぺったん……」

「ほぉ？　リオウの胸を、評せる程凝視したのか、貴様は」

腰にさげている剣に手をかけ、返答如何によってはいつでも抜けるように鍔を押し上げて、ジェイを見下ろす。

「み、見ておりませんっ！　誓ってっ！」

真っ青になったジェイを助けたのは、執務室のドアをノックする音だった。

「失礼いたしますっ。事前に申請のありました、見学の女性二名をお連れいたしました」

「こんにちわー、お邪魔します」

聞こえた声に、抜きかけていた剣を、素早く鞘に戻して殺気を抑える。

リオウとイノシターを案内してきた兵は、こんなところには長居したくないのだろう、早々に踵を返してドアを閉めた。

「おや、リオウさん。今日はお休みでは？」

「こんにちわ、アルフォードさん。ディーにお願いして、社会見学に友人を連れてきました」

長髪のカツラをつけ、清楚なワンピース姿のリオウが籠を抱え、うしろに色違いのワンピースを着たイノシターを連れてきた。イノシターは、不躾にならぬ程度に興味深げに室内を見ている。

今朝も思ったが、女性の姿のままのリオウが可愛い。従者姿で、まめまめしく動き回るリオウも可愛いが、スカート姿で照れくさそうにはにかむ表情が、とてもいい。

「今日は随分と可愛い格好をしているじゃないか」

ロットバルド隊長に褒められて、照れ笑いする彼女もとても愛らしいが、できれば、他の男に見せたくないな。ロットバルド隊長でなければ、悋気を抑えられずに剣を抜いているところだ。

「それで、うしろにいるのが、君の友人か？」

「はい、木下楓さんです」

「こんにちわ、カディと申します」

リオウの隣に並び、ニッコリ笑って綺麗に膝を折るちいさな彼女に、ロットバルド隊長が静かに警戒していることがわかる。察しのいい人間にはすぐに感じ取れる、腹黒さがにじみ出ているからな、当然だろう。

「……ホントに、女の子だ」

リオウの胸元を見て呟いたジェイには、理解するまで徹底的に個人訓練を施さねばならんな。ロットバルド隊長も否とはおっしゃるまい。私の視線に気付いたジェイはあたふたと、ロットバルド隊長とアルフォードをイノシターに紹介しているリオウのほうへ逃げていった。

「あ、彼がジェイさんです」

「こんにちわ、お嬢ちゃん。リオウより随分年下みたいだけど、いくつなんだい？」

私から逃げたジェイがイノシターの前に片膝をついて、握手のために手を差し出せば、イノシターの表情が、怒りを湛えた冷たい笑みに変わった。

「私、誕生日が早くて、彼女よりもひとつ年上の一八歳なので。お嬢ちゃん呼ばわりは、少々解せませんね。いえ、謝罪は結構です、口を利くのも腹立たしいので」

冷たい声と共に、ジェイの手がペチッという軽い音と共に払われた。私もリオウより年下だと思っていた。表情には出さなかったはずなのだが睨まれた。いや私だけでなくロットバルド隊長もアルフォードも睨まれている。

「こら、楓。年上の人にそんな口の利き方はよくないよ。ジェイさんすみません、楓、自分が小柄なのを気にしてて。こんなに可愛いんだから、そんなこと気にしなくてもいいのに」

心の底から可愛いものを愛でる目でイノシターを見ているリオウの目の前から、あのちいさな悪魔を消し去ってもいいだろうか。

リオウを大事に思っているという共通点がなければ、同じ空気を吸うのもごめんだ。それに、僅か半日足らずで、イストーラを作り替えるような化け物だ。

リオウは知らないことだが。イストーラにいったというあの日、イストーラ国内で宰相を筆頭とする大規模な一斉粛清が行われた。イストーラの膿という膿が、魔法で一瞬にして広場に集められたのだと、入り込んでいた諜報員が興奮気味にロットバルド隊長に報告していた。

イストーラに潜入していた各国の諜報員が見せつけられたその驚異的な魔法によって、崩壊しかけていたイストーラの地位は一気に挽回された。

魔法を使った魔術師はすぐに控えの間にさがり、その後の処刑は聖騎士たちによって行われた。強大な魔力を持つ魔術師の存在は、それひとりであっても十分に国を守護する力となり得るのだ、実に忌々しいことに。

その魔術師が、あの小娘であると理解しているのは、リオウを抜かせば私ひとりだ。

あれがいることで国家間の均衡が取れ、リオウと平和に過ごせるならば、口を閉ざすことなどなにも問題ではない。

「良くんに可愛いって言ってもらえるのは、好きよ。ねぇ、職場訪問は気が済んだから、もういきましょう。アルザック隊長、今日は一日リオウをお借りしますね」

機嫌を直したイノシターが、リオウの腕を抱き込んで、挑発的な視線で私を見上げてくる。

「半日だったはずでは」

「一日、お借りいたします。それでは、お邪魔いたしました」

リオウの手を掴んで帰ろうとするイノシターに、リオウは手に持っていた籠を慌てて私に預ける。

「これ、お昼のだから。お仕事頑張ってね、ディー」

屈託のない笑顔で私を見上げてくるリオウを、攫って帰ってもいいだろうか。この裏表のない、真っ直ぐな好意を独り占めしてしまいたい。

「ああ、ありがとう」

素早く彼女の頬に口付けをして、チラリと見たイノシターが眉を逆立てるのに溜飲をさげ、真っ赤になったリオウが慌ただしく引きずられていくのを見送る。

「デュシュレイ隊長。まさかとは思いますが、リオウに手を――」

言い終わらぬうちにジェイの脳天に拳を落とせば、そのまま床に沈み動かなくなった。リオウから預かった籠を持っていなければ、剣を抜いていたんだがな。

「すまんな。六番隊としての訓練が足りんようだ、鍛え直しておく」

「対人訓練のほうは、お手伝いいたしますよ」

「死なん程度に頼む」

眉間を揉むロットバルド隊長に頷いて、リオウに託された籠を給湯室に持っていく。

籠の中身を確かめ、冷蔵したほうがよさそうな果物を見つけたので、その皿を棚に作り付けてある冷蔵箱に入れておく。

給湯室を出ると、床に伸びていたジェイはいなくなっており、ロットバルド隊長と目が合った。

「神殿にはいついくんだ？」

「リオウの両親へは挨拶して参りましたので。私の両親に挨拶をしたら、すぐにでも」

ニヤリと笑った彼から視線を外し、自席へ戻る。とにかく書類を片付けねば、婚姻がどんどん先延ばしになってしまう。

気合を入れ直して、書類へと向き合った。

◆・◇・◆

「ただいま戻りました」

両手に屋台で売られている食い物を抱えて、従者姿のリオウが執務室に現れたのは、まだ日の高い時間だった。丁度、ロットバルド隊長たちも訓練で出ており、執務室は私しかいなかった。

「どうしたんだ。今日は一日イノシターに付き合うんじゃなかったのか」

彼女が真っ直ぐに向かった席は、本来副隊長が使う場所で。だが、六番隊のジェイも、五番隊の副隊長も、部下たちのようすを見ながら仕事をしたいからと、詰め所で仕事をしており、定期的に書類を届けにくる以外では、ここに寄り付きもしない。だから、最近はもっぱら彼女の席になってしまっているが、特に問題ないだろう。

その席に買い込んできた食糧を置いた彼女は、手首にかけていた細長い袋から、見たことのない道具を取り出した。

「楓も午後から用事が入っているそうなので、食べ歩きをしたらすぐ解散しちゃいました。あと、楓に持ってきてもらったこれです！　本当は電卓のほうが得意なんですが、オーバーテクノロジー？は駄目だとかなんとかで、楓に止められちゃったので。ソロバンを持ってきました！　これを使って計算すると、暗算よりも精度があがるんですよ。これで、勝ち目は見えました」

得意げにソロバンという物体を掲げて小躍りしている。軸についたちいさな玉がカチャカチャと小気味よく鳴っている。楽しそうなリオウはいいな。

「それじゃ、さっさと書類を終わらせちゃいましょう！　その前に、腹ごしらえです」

食べ歩きをしてきたんじゃないのか？　という言葉を喉の奥で止めて、屋台で買ってきたであろう肉をおいしそうに食べるリオウを横目に、書類仕事に励んだ。

「さぁ、頑張ろうっ」

食べ終えて書類を広げた彼女の手元から、ソロバンの軸にとおる菱形の玉を弾く小気味よい音が聞こえて、その合間にカリカリとペンの音が走る。

「おっ？　リオウ戻ってたのか」

「おや、また変わったものをお使いですね？」

ロットバルド隊長と一緒に戻ってきたアルフォードが、目敏く彼女の使っているソロバンを見つけた。前に彼女が考案した、クリップも個人的に購入するくらい愛用しているらしいし、他にもなにか面白いものはないのかと、彼女に聞いているのを何度か目撃している。

「これはソロバンと言って――」

丁寧に使い方を説明している彼女の真剣な表情もいい。ああいう、なにでも真摯に取り組む姿勢は私にはないもので、とても眩しく見える。

「是非、これの複製を作りたいですね」

「ふふっ、アルフォードさんならきっとそう言うと思って、百均で予備のソロバンを買ってきてもらいました！　これは一三桁しかないですけど、ようは桁数を増やせばいいだけですから。こちらは、アルフォードさんにお貸しします。分解してもいいですけど、複製を作り終わったら返してくださいね。プラスチック製なので、楓からNGが出てるので……」

最後のほうはもごもごと言って、誤魔化すように笑った。

「わかりました、必ずお返しします。今回こそ、しっかりと独占販売権なりを設定して、利益を受け取ってもらいますよ」

恭しくソロバンを受け取ったアルフォードの言葉に、彼女は首を横に振った。

「わたしに利益はいらないから、安く作って欲しいです。それで、各部署に配布して、使い方をたたき込んで欲しいんです！　そうすれば、くだらない計算ミスなんかなくなるはずなのでっ！」

力説する彼女に散々渋ったアルフォードだったが、最終的に折れていた。

そして、彼女の隣にイスを置き、ソロバンの使い方を習っているアルフォードだったが、少々距離が近すぎるように見える。いや、近い。

「デュシュレイ、このぐらいは許してやってくれ。そんなふうに殺気を出せば、リオウも怯えるぞ」

「ご安心ください。リオウは殺気に鈍いところがありますので、この程度では気付きません」

彼女を視界に入れたままロットバルド隊長と小声で話をしていると、不意に彼女がこちらを向き、目が合うと、はにかむように笑ってアルフォードの指導を続けた。駄目だ、そんな顔をされたら、殺気が続かないだろう。

「最近、リオウがなんと呼ばれているか、知っているか？」

不意に問われて首を横に振ったが。ろくでもない呼ばれ方をされているようなら、話の出所を探し出して潰さねばならないな。

「狂犬使いだとよ」

「ひねりが足りませんが、悪くないですね」

素直な感想を伝えると、ロットバルド隊長が呆れたように肩を竦めるのが視界の端に見えた。

あとがき

この度は、この本を手に取っていただき、誠にありがとうございます。

『従者のお仕事』という作品は、「小説家になろう」のサイト内ではじめて完結させた、私が小説というものに正面から向き合う切っ掛けとなった作品でした。物語を生む苦しみと悩み、それを乗り越えて完結させたことで、私が物書きになる大きな転機をくれた作品です。しかし、そこはそれ、初期の作品ということで、書籍化するにあたり原型を留めない程、改稿しております。今回『従者のお仕事』の書籍化について、担当さんからお声をかけていただいたときに思わず「えっ？　アレをですか？」と、素で聞き返したのは、記憶に新しいです。もし、怖い物見たさで原作を読んでみたい方は、小説家になろうのサイト内で検索していただきますと、一切手を加えていない初々しい作品をご覧になることができます。

最後になりましたが、素敵なイラストを描いてくださった村上ゆいち先生をはじめ、多くの方の力を得て本になったこの作品が、手に取ってくださったあなたに、楽しく読んでもらえますように！

令和元年五月　こる

従者のお仕事
異世界なのに魔法禁止はひどいです隊長っ！

2019年5月5日　初版発行

初出……「従者のお仕事」
小説投稿サイト「小説家になろう」で掲載

著者　こる

イラスト　村上ゆいち

発行者　野内雅宏

発行所　株式会社一迅社
〒160-0022 東京都新宿区新宿3-1-13 京王新宿追分ビル5F
電話　03-5312-7432（編集）
電話　03-5312-6150（販売）
発売元：株式会社講談社（講談社・一迅社）

印刷所・製本　大日本印刷株式会社
ＤＴＰ　株式会社三協美術

装幀　今村奈緒美

ISBN978-4-7580-9170-1

おたよりの宛て先
〒160-0022 東京都新宿区新宿3-1-13 京王新宿追分ビル5F
株式会社一迅社　ノベル編集部
こる 先生・村上ゆいち 先生